W0411315

COLLECTION FOLIO

Franz-Olivier Giesbert

Le vieil homme et la mort

Gallimard

© *Éditions Gallimard, 1996.*

Franz-Olivier Giesbert est né en 1949, à Wilmington, dans le Delaware, aux États-Unis, d'un père américain et d'une mère française. Il arrive en France à l'âge de trois ans. En 1971, il entre au *Nouvel Observateur.* Successivement journaliste politique, grand reporter, correspondant à Washington, chef du service politique, il devient directeur de la rédaction de l'hebdomadaire à partir de 1985. Depuis 1988, il est directeur de la rédaction du *Figaro.*

Il a publié plusieurs romans dont *L'Affreux* (Grand Prix du roman de l'Académie française 1992), *La Souille* (prix Interallié 1995) et des biographies : *François Mitterrand ou La Tentation de l'Histoire* (prix Aujourd'hui 1977), *Jacques Chirac* (1987), *Le Président* (1990) et *François Mitterrand, une vie* (1996).

« Un matin d'automne qu'il rentrait d'une promenade, il sentit la mort poser le doigt sur un point de son estomac ; elle appuya et il eut mal... Son premier sentiment fut celui d'une peur violente, mais en même temps une voix en lui s'écria : " Enfin ! "

C'était un homme un peu solennel, qui aimait les livres et qui jusque-là s'était cru en garde contre la souffrance mais, lorsqu'elle fut devant lui, il se trouva aussi démuni qu'un enfant. Il savait bien qu'elle devait venir et il lui avait préparé une place dans sa vie. À présent qu'elle s'y installait, il oublia ses maximes, ses résolutions, et il s'aperçut que vivre désormais c'était apprendre à ne pas gémir. »

JULIEN GREEN,
Le Visionnaire.

« L'homme entre un jour dans la vieillesse comme dans un grand appartement vide à l'éclairage crépusculaire. Par la fenêtre, en bas, il voit passer la vie, grossie de ses souvenirs et de ses songes. Mais il ne la voit plus que par la fenêtre improbable et fantomatique. Puis il s'efface lui-même et se déguise en souvenir. »

ALEXANDRE VIALATTE,
Pas de h pour Natalie.

INTRODUCTION

Il faut toujours écouter l'autre soi-même. Celui qui, au-dedans de nous, lance des appels à la vertu, nous fait rougir, suffoquer de honte, mordre nos lèvres, pour ne pas mentir. Mitterrand n'était pas homme à prêter trop d'attention à cette petite voix en lui. Il disait souvent : « Je veux garder les mains libres. » Telle était sa philosophie.

Tant que son cœur battait, son bon plaisir aura été d'enfreindre les règles et de s'ériger au-dessus des lois autant que du genre humain. Qu'on ne s'y trompe pas : cet homme fut nietzschéen jusque dans l'agonie. C'est pourquoi il n'a pas fini de nous fasciner. Avec lui, j'étais comme l'Hermione de Racine. Je l'aimais trop pour ne le point haïr ; je le haïssais trop pour ne le point aimer.

Jadis, j'avais été son caniche ; un caniche plutôt insolent, mais un regard suffisait et je me couchais. Je fus ensuite son vilain canard, puis sa bête noire. Devant lui, en somme, je n'ai jamais fait le poids. C'est normal. Je ne me suis pas trouvé depuis le temps que je me cherche.

Il s'était trouvé. C'était un Casanova de la politique qui allait toujours jusqu'au bout de lui-même. Il savait charmer son monde de sa voix mélodieuse, invoquer les pauvres de l'Évangile, susurrer la lune, le ciel et les lendemains qui chantent. Il a emmené deux ou trois générations au-dessus d'elles-mêmes et d'une société qu'elles refusaient. Après quoi, elles tombèrent de haut, parfois.

Pas moi, mais je n'avais aucun mérite. Je connaissais Mitterrand depuis longtemps. J'avais même été, au début des années soixante-dix, un de ces petits provinciaux qui ont hâte de découvrir le monde et dont il aimait s'entourer pour leur apprendre les femmes et la littérature — la sienne n'étant d'ailleurs pas exactement la mienne. « Quoi ! Vous n'avez pas lu Chardonne ! protestait-il. — Quoi ! Vous n'avez pas lu Steinbeck ! » répondais-je. On ne parlait guère politique, mais il ne comprenait pas que l'on pût être tenté par autre chose que par l'exercice du pouvoir. Il ne doutait pas que son métier fût le plus beau du monde, dès lors qu'on le pratiquait à sa façon : sans complexes ni scrupules. Il aimait citer Napoléon : « On gagne et puis, après, on voit. » Ce n'était pas un pharisien ; c'était le Parrain, comme dans le film. Il chassait en bande — une petite bande — et rien jamais ne l'assouvissait, à l'exception du bonheur de régner.

J'ai beaucoup ri en voyant, à l'aube de son principat, tous ces petits marquis trottiner derrière lui, astiquer ses parquets à force de courbettes, se gaver de soupe avant de faire la grimace juste au moment, comme par un pur hasard, où les marmites se vidaient. Se souvenant d'un coup de leur foi ancienne, ils exhibèrent alors les stigmates de leurs désillusions en versant dessus des larmes qu'ils croyaient rédemptrices. C'était écrit. Ils le savaient bien, ces innocents aux mains pleines, que Mitterrand, si humaniste qu'il fût, restait un réaliste dénué de vergogne. Si l'on pouvait se laisser prendre aux filets de son verbe, il avait toujours, après avoir roulé son monde, un sourire qui ne trompait personne : Machiavel, Mazarin et Richelieu avaient sûrement le même.

Mitterrand était meilleur et pire qu'on ne le croyait. Ce libertin du pouvoir s'aimait trop et se pardonnait tout. Mais il ne mentait pas tout le temps. Il ne se moquait pas de la misère du monde ni du malheur des siens. Il était sincèrement pour l'égalité entre les hommes, plus qu'entre les sexes. Il avait la tête pleine du siècle des Lumières d'où il venait, après un crochet, à la fin du XIXe, du côté de Thiers ou de Gambetta, selon les jours. Même quand les chandelles de l'Élysée se furent éteintes pour lui, il continua à tenir tête à la maladie qui crispait son sourire et alourdissait ses paupières sans jamais lui faire perdre son regard d'enfant mutin. Il était l'homme qui disait sans cesse non : non à de Gaulle, non au PC, non à son passé, non à son cancer, non à la mort.

Quand nous n'étions pas fâchés, ce qui se produisit finalement peu en un quart de siècle, je le voyais et l'écoutais beaucoup. C'était un beau parleur. Il causait comme dans les livres de l'Antiquité, volontiers prodigue de maximes et de phrases destinées au marbre des stèles. J'aimais quand il me racontait ses histoires et que la sérénité envahissait ses yeux. Il n'y avait que son ironie qui me gênait. Une lueur cruelle l'accompagnait parfois, ou bien un ricanement. Il avait une plus haute idée de lui que de l'âme humaine.

En somme, Mitterrand était un artiste. Sa vie était son œuvre ; une œuvre chargée et tarabiscotée, car il était de l'école baroque. Pour lui donner une unité, il cherchait désespérément son Las Cases, le scribouillard qui allait fabriquer la légende posthume que les chroniqueurs reprendraient ensuite, à travers les âges. Ce sont eux qui font les grands hommes.

Mais il fallait à Mitterrand quelqu'un de sûr, un greffier qui s'effaçât derrière son discours. Il ne le trouvait pas. Dans sa solitude des derniers mois, lorsque presque tous les siens l'eurent abandonné, ne laissant souvent derrière eux qu'une odeur de pourri, il en était venu à jeter son dévolu sur des gens comme ce pauvre de moi qui l'avais tant fustigé du temps de sa gloire.

Les amis n'aiment pas les agonies. Ils l'avaient planté là, seul avec la mort. Il tentait bien de résister à ses assauts avec des gonflements de buste, mais sans succès. Oppressé par la maladie et obsédé par la postérité, il me disait : « Je vous dis ça pour après. » Ou bien : « Vous pourrez noter ça dans vos Mémoires, si vous en écrivez un jour. »

J'ai fait ce que j'ai pu. Il aurait voulu faire son siècle mais il avait déjà fait son temps. Il aurait aimé être de Gaulle mais il n'avait pas, comme lui, porté la France pour donner l'impression qu'elle était grande. Mitterrand était comme tout le monde, en cette fin de millénaire : velléitaire, mystique et prosaïque. Quant à moi, je n'étais pas Malraux, même si j'allais publier chez Gallimard. J'ai simplement tenté de restituer son parler en retranscrivant, du coq-à-l'âne, ce que j'ai entendu le 3 septembre 1994 et par la suite quand les ravages de la maladie crevaient les yeux et que la mort commençait à égrener pour lui les premières notes du glas.

CHAPITRE I

Parfois, quand il pénètre en vous, l'air provoque une ivresse qui fait frémir les narines avant de chatouiller les poumons. Certains disent que c'est le bonheur. Disons la tiédeur. Encore que les deux semblent aller de pair.

Chaque fois qu'il fait ce temps-là, rien n'est pareil. Le vent qui court entre les gens, les arbres et les maisons, c'est plus que du vent ; c'est comme Dieu qui passe. Souvent, il reste. On se sent mieux après. On se sent, en tout cas, moins seul.

Quand je descendis de l'avion de Paris, le gars des VO (Voyages officiels) ne me laissa pas m'enivrer plus de quelques secondes avec la brise de Biarritz. Il m'arracha mon sac de voyage qu'il jeta dans le coffre, puis me poussa dans la voiture qui démarra en trombe.

Je n'en menais pas large. Quand je monte dans une voiture conduite par l'un de ces messieurs des VO, c'est toujours la même petite peur qui s'incruste en moi. Je me dis qu'il va écraser des enfants, des chats, des vieillards, des hérissons. Mais il ne tue jamais rien. Juste ma bonne humeur.

Je ne sais si c'était à cause de la panique ou de l'inconfort, à chaque virage j'étais pris de nausée, voire d'une irrépressible envie de vomir. « On n'est pas pressés, dis-je.

— Le Président n'attend pas. »

Il m'avait parlé comme à un enfant. Il avait pourtant bien vingt ans de moins que moi et sa barbe de puceau mal rasé, une barbe de quelques jours déjà, ne parvenait pas à le vieillir.

Il y avait longtemps que j'étais venu. Je n'avais plus de repères.

« On arrive quand à Latché ? demandai-je.

— Bientôt. »

Probablement pour me signifier que ma conversation l'importunait, il appuya encore sur l'accélérateur. La voiture trembla comme si elle avait peur, elle aussi.

Pour m'occuper les mains et me donner une contenance, je décidai de préparer mon matériel en vue de l'entretien que devait m'accorder le Président. J'avais emporté dans mes bagages trois magnétophones pour le cas où l'un d'eux ou même deux d'entre eux tomberaient en panne. C'est la hantise de tous les journalistes. J'en connais qui ont déplacé des montagnes ou traversé des océans pour interroger quelqu'un et qui, une fois rentrés à leur bureau, n'ont plus rien retrouvé sur la bande.

Je changeais les piles de l'un de ces appareils lorsque la voiture vira de bord. Il tomba avec brutalité. Je cherchai partout, et dans toutes les positions, y compris à quatre pattes sur la banquette, l'une des pièces manquantes. Sans succès. Un nouveau virage me fit perdre l'équilibre et ma tête alla cogner contre la portière. Je poussai un cri non pour exprimer ma souffrance, mais pour signifier au conducteur qu'il était souhaitable de ralentir. Il n'en fit rien. Je ne voyais pas comment le calmer, celui-là. J'imagine qu'il ricanait intérieurement.

Aussi le véhicule arriva-t-il en trombe dans la propriété de Latché, gardée par des gendarmes en faction devant leur guérite.

Le Président était dehors, une écuelle à la main. Il venait de nourrir ses ânes. Il me jeta un regard rapide, comme si nous avions déjà passé la journée ensemble, et dit avec un demi-sourire : « Ça fait combien de temps que vous n'étiez pas venu à Latché ? Dix-huit ans ? »

Il avait pris soin de calculer et de vérifier les dates. Même mourant, il ne laissait rien au hasard. Une fois encore, il avait pensé qu'il m'aurait à l'épate, comme les autres. Je retrouvais bien là l'éternel Mitterrand. Il savait vous conquérir. Mais il en faisait toujours trop. Un connaisseur, Ninon de Lenclos, l'a dit un jour : « Rien de si aimable qu'un homme séduisant, mais rien de plus odieux qu'un séducteur. » J'ai surtout fréquenté le séducteur. Par exemple, il croyait vous avoir mis dans sa poche quand, après avoir jeté sur vous l'œil du maquignon qui évalue l'animal (« Combien vaut-il, celui-là ? »), il vous tenait des propos de commerçant qui fait l'article (« J'ai beaucoup d'estime pour vous ») ou vous parlait comme à un grand expert international (« La situation du monde m'inquiète. Quelle est votre analyse ? »). Quand il s'y prenait ainsi, je lui en voulais de me mépriser, comme il méprisait le reste de l'espèce humaine, qu'il croyait toujours embobiner avec un compliment, une promesse ou une décoration.

Au hasard d'une rencontre, il vous disait les yeux dans les yeux : « Appelez-moi. Je voudrais vous voir. Il faut que nous parlions. » Les benêts téléphonaient aussitôt à son secrétariat où ils ne parvenaient jamais à trouver de rendez-vous ; le président accusait ensuite ledit secrétariat de faire barrage.

Un jour — c'était le 14 juillet 1988, à la garden-party de l'Élysée —, alors qu'il ne m'avait pas adressé la parole depuis des années, le Président se fraya un chemin dans la foule pour parvenir jusqu'à moi et me dire : « Où partez-vous en vacances ? » Mon esprit d'escalier m'interdit de sortir une bonne réplique du genre : « Et vous ? » Au lieu de quoi, je répondis : « En Provence. — Ah, vous restez fidèle à la Provence. Je ne vous donne pas tort. » Sur quoi, il tourna les talons.

*

C'était le bon temps ; c'était il y a longtemps. J'avais vingt-deux ans. Il avait cinquante-cinq ans. Je venais de monter à Paris. Il était arrivé depuis longtemps. Je l'amusais. Il m'impressionnait. Souvent, il me faisait asseoir devant lui, et nous parlions de Dieu, d'amour ou de livres, rarement de politique. Quand nous en restions là, il me semblait habiter au-dessus de moi-même. Parfois, c'était plus fort que lui, le naturel revenait et il se comportait avec moi comme avec les autres. Il disait avec un air absorbé : « Je crois que je devrais prendre une initiative maintenant. Que me conseillez-vous de faire ? » Après quoi, il partait, tandis que je parlais, dans une sorte de rêvasserie. Il n'écoutait pas. Son regard même s'en était allé.

J'aurais aimé me dire qu'il posait ce genre de question pour avoir la paix et s'enfuir dans ses songes : si l'on veut interrompre une conversation, rien de mieux que d'enfermer l'autre dans un monologue. C'est une façon de quitter la scène en douceur, sans blesser personne. Mais, connaissant ses procédés, je savais que cette attitude faisait partie de son arsenal de séduction : toujours donner à l'autre le sentiment de son importance. Quitte à la gonfler au-delà du raisonnable. Quand vous lui parliez, il savait vous donner le sentiment que vous étiez quelqu'un de tout à fait considérable, la personne qui, pour lui, à cet instant précis, comptait le plus au monde. C'est ainsi qu'il a fait un malheur chez les fats et les pompeux, pourvu qu'ils fussent assez aveuglés par eux-mêmes pour ne rien voir de son manège. C'est ainsi qu'il a donné confiance en eux à tant de timides et d'apeurés.

*

« Dix-huit ans, ça fait un bail, dit-il. Mais vous verrez, rien n'a changé ici. Ah si. L'ânesse est morte et je l'ai remplacée. Mais, en dehors de ça, tout est pareil. Le pouvoir ne m'a pas enrichi. Vous pouvez vérifier. »

Il eut le geste de l'innocent, quand il veut signifier à la police venue chercher les pièces à conviction : « Entrez, fouillez ma maison, videz les tiroirs, vous ne trouverez rien. » Mais je ne bougeai pas. Même s'il ne crachait pas dessus, loin de là, je savais bien qu'il n'aimait pas cet argent qui, avait-il déclaré au congrès d'Épinay, « pourrit jusqu'à la conscience des hommes ». Quand il en disait du mal, avec des trémolos à la Bossuet, je suis sûr qu'il était sincère. Il n'en avait jamais sur lui. C'est pourquoi il ne payait pas l'addition au restaurant. Sauf pour les femmes, de temps en temps.

Je n'étais pas une femme. C'est ce qui nous séparait le plus, finalement.

« Je vis toujours sur le même train », dit-il en me montrant sa chemise de paysan à la retraite.

Certes. Mais il n'était pas du genre à aimer les signes extérieurs de richesse. S'il avait été milliardaire, il eût été avare. Comme tous les terriens, il préférait amasser pour les siens plutôt que d'étaler pour les autres. Tout le reste était littérature de congrès. C'est ce que je lui signifiai d'un sourire ironique.

« Vous n'avez pas changé », dit-il.

Ce n'était pas vrai. Je n'osai répondre : « Vous non plus. » C'eût été encore plus faux. La mort s'était installée sur ce visage qui avait fait tomber tant de femmes. La mort avait cassé son sourire. Elle avait, surtout, creusé les orbites au fond desquelles survivait un drôle de regard, un regard de noyé, comme celui de maman quand elle avait fini par s'incliner devant son cancer. Ses dents toutes grises avaient l'air près de tomber. Je pensais à ce qu'il m'avait dit il y a longtemps, alors que nous étions assis à la terrasse d'un café du Quartier latin, en train de regarder ces passants pressés que sont les Parisiens : « Il faudrait que le temps s'arrête, un jour. Je rêve de ça depuis toujours. Que plus personne ne bouge, que tout se fige pour l'éternité. On pourrait mieux goûter la vie. »

Il ne l'avait pas encore assez goûtée pour en être satisfait. Plus il la dévorait, plus elle lui échappait.

« Et si on allait faire une promenade ? »

Il était parti, comme ça, dans les pins. Qui l'aime le suive...

CHAPITRE II

Un jour, nous étions dans les années soixante-dix, alors que nous rentrions à Paris, il avait fait arrêter sa voiture sur une route du Morvan. Il m'avait emmené dans un bosquet où, chacun contre un tronc d'arbre, nous nous étions livrés à la seule activité humaine qui nous soulage de tout, y compris de nos plus grands malheurs. Je me souviens de l'avoir entendu dire, d'une voix inquiète : « Faites attention. Il y a des primevères par terre. »

C'était le genre d'homme à regarder où il marchait, de peur d'écraser des fleurs, mais en se préoccupant moins que moi, toutefois, des fourmis ou des vers de terre. Il avait la fascination du végétal. Au cours de la promenade, il donna, avec l'autorité de l'érudition, un cours de botanique à Anne Lauvergeon, la secrétaire générale adjointe de l'Élysée, une belle femme à la démarche sûre et au regard clair, qui nous accompagnait.

Il n'avait pas changé. Il lui fallait toujours une femme, c'est-à-dire quelqu'un à qui parler. Avec celle-là, il ne s'était pas trompé. Elle irait jusqu'au bout avec lui, lit de mort et même au-delà. C'était inscrit dans ses yeux, éperdus de loyauté et de compassion, pas dupes pour autant : de beaux yeux d'infirmière militaire.

Chemin faisant, il lui apprit à nommer les herbes, et notamment les dactyles. Il lui parla des deux cent cinquante espèces de chênes. Elle était comme une élève devant son professeur, une élève éprise. Je sentais monter, dans la douceur du matin, un amour platonique et amusé. Le Président avait toujours la même façon de draguer. Ça marchait toujours mais ça ne menait plus à rien.

Il désigna du doigt une maison : « Là vivait autrefois un vieux paysan qui laissait sa volaille en liberté. Les poules pondaient et couvaient autant qu'elles le voulaient. Tant et si bien qu'elles se sont mises à pulluler. Ça se reproduit beaucoup plus vite que les humains, ces bêtes-là. Au bout de quelque temps, il y en avait partout, sous chaque fougère. Quand vous marchiez dans ce coin de forêt, vous écrasiez tout le temps des œufs ou des poussins. Et ça chantait, ça chantait. C'est le drame, avec les coqs. Il faut qu'ils coqueriquent. Même la nuit. Ça devenait infernal. »

Je demandai : « Pour régulariser tout ça, la nature n'avait pas trouvé un renard, un rapace, un prédateur ? »

Il sourit. Je me rendis compte que je lui avais servi la suite de sa parabole sur un plateau.

« Ce prédateur, ce fut l'homme, dit-il. Une nuit, on a fini par organiser une expédition punitive. On a saisi toute la volaille qu'on a pu dans des filets et on l'a relâchée très loin d'ici, à proximité d'habitations où, sans doute, on a dû en trouver l'usage. »

Une dent, une canine je crois, sortit de son sourire, comme ça arrivait souvent. Elle avait l'air ébréchée.

C'est à cause de cela que je n'aimais pas son histoire. La morale en est qu'il ne faut jamais chanter son bonheur. Mieux vaut le pleurer. Sinon, on est puni, comme les coqs de Latché. Les Grecs le savaient.

Je pensais que le Président avait sans doute trop chanté sa félicité pour ne pas se retrouver puni comme il l'était, à la fin de son principat.

Un proverbe indien enseigne : « Le monde flatte l'éléphant et piétine la fourmi. » François Mitterrand était devenu fourmi, une fourmi malade qui s'avançait en traînant la patte vers son destin, et sur laquelle chacun y allait de son petit crachat.

Je lui dis avec un sourire timide, pour mieux faire passer la chose : « C'est dur, n'est-ce pas, les fins de règne ?

— C'est dur pour tout le monde. Rappelez-vous celle de Louis XIV. Je n'en suis pas encore là.

— Ce n'est quand même pas joli.

— Pensez à ce qui s'est passé à la mort de Louis XV. Il était si impopulaire qu'on a dû fabriquer son cercueil pendant la nuit de peur qu'on ne le détruise. On ne me fera pas ça. Et puis voyez tous les chefs d'État qui ont été obligés d'abdiquer sous la République : Lebrun, Pétain, de Gaulle. Alors, je ne me plains pas. On me garde, moi.

— Mais dans quel état ! Tout se délite autour de vous.

— Ce qui est le plus terrible, c'est la sclérose des gens qu'on a mis en place. Au bout de quelques années, ils ont perdu toute imagination. Ils se vident de l'intérieur et deviennent les fantômes de leur propre rôle. C'est pourquoi il faut tout le temps changer les équipes. Je ne l'ai pas assez fait.

— Vous-même, vous êtes resté trop longtemps au pouvoir.

— Peut-être.

— Sans doute. »

Il rit, d'un rire triste et las, comme si une douleur s'était annoncée.

« En 1988, reprit-il, je me disais qu'il ne fallait pas me représenter. Et puis je n'ai pas résisté.

— L'attrait du pouvoir...

— Oui. Il y avait aussi la facilité. Je me disais : je les battrai. Aujourd'hui encore, au fond de moi, je me dis la même chose. Mais avec un *s*, cette fois.

— Vous regrettez de vous être présenté une seconde fois à la présidence ?

— Je me suis dit, parfois, que ça n'était pas

bien. Il y a un côté indécent à vouloir occuper la place trop longtemps.

— En république, ça n'est pas bon, les mandats trop longs. Mais je suis sûr que cela a beaucoup compté pour vous : durer plus longtemps que de Gaulle.

— Je reste quand même loin derrière Napoléon III et la plupart des rois de France. Regardez les Capétiens. Ils ont été quinze à régner sur la France. À quelques exceptions près, dont celle de Louis VIII, le père de Saint Louis, ils ont tous tenu entre quinze et quarante ans. C'est ce qui explique qu'ils aient tant marqué le pays. »

Il prit son élan : « Robert le Pieux a régné de 996 à 1031, Henri Ier, de 1031 à 1060. Philippe Ier, de 1060 à 1108. Louis VI le Gros, de 1108 à 1137. Louis VII le Jeune, de 1137 à 1180... »

Il s'arrêta, sourit, chercha dans mes yeux quelque chose qu'il ne trouva pas et continua : « ... Philippe II Auguste a régné, lui, de 1180 à 1223. Louis VIII le Lion, de 1223 à 1226. Saint Louis, de 1226 à 1270... »

Il toussa, sans doute pour ménager son effet, puis : « La moyenne baisse avec le fils de Philippe le Bel... Si j'en saute quelques-uns, Charles VIII a régné quinze ans, de 1483 à 1498. Louis XII dix-sept ans, de 1498 à 1515. François Ier trente-deux ans, de 1515 à 1547... »

Je voyais dans son regard qu'il était fier de me réciter toutes ces dates, souvenirs des leçons apprises par cœur à l'école et peut-être révisées depuis pour impressionner Mazarine. Il prenait son temps. Et, quand il hésitait, il était clair que ce n'était pas par embarras mais par défi. Le Président voulait m'obliger à sortir du bois. Je restai coi. Mon ignorance me condamnait au silence.

« Vous voyez, conclut-il, je ne suis pas le premier à avoir tenu aussi longtemps. Ni à connaître des difficultés au moment de quitter le pouvoir.

— L'avenir, dis-je, c'est du passé qui recommence...

— ... ou qui se recycle, précisa-t-il. Quand on lit les *Souvenirs* de Tocqueville, on est frappé de retrouver les mêmes situations et les mêmes caractères que maintenant. Vous sortez de la révolution de 1848 telle qu'il la raconte et, dans la politique aujourd'hui, au Parlement comme au gouvernement, vous tombez sur les mêmes gens. Je vous assure : les mêmes gens. Prenez les *Mémoires* de Saint-Simon. C'est pareil. Il nous parle de personnages qu'on croit avoir rencontrés la veille, sous d'autres noms. J'ai l'impression que “ Monsieur le Duc ” ou “ Harcourt ” sont toujours parmi nous. »

Telle est l'humanité : interchangeable et vaniteuse. Chacun se croit irremplaçable, avant de se faire broyer sous la meule de la nature et de revenir sous une autre forme, pour un autre usage, dans cette histoire « sans origine, sans sujet, sans fin », où nous baignons tous, petits et grands.

Georges Clemenceau, par exemple. Il est de toutes les époques. À la fin du siècle, il est revenu sous les traits de François Mitterrand. On trouve chez les deux hommes la même hargne, la même passion littéraire, les mêmes trépignements intérieurs.

Quand je le lui dis, le Président protesta : « Je ne suis pas aussi méchant qu'il l'était.

— Vous n'êtes pas très gentil non plus. »

Il ressortit, avec un petit sourire, une formule que j'avais souvent entendue dans sa bouche : « On ne peut pas nous comparer. Moi, je n'ai pas eu de chance, je n'ai pas eu de guerre.

— Vous n'allez pas vous en plaindre.

— Non, mais il y aura peut-être des gens pour me le reprocher. »

Il y a longtemps, François Mitterrand m'avait dit que Georges Clemenceau était le personnage de l'histoire de France dont il se sentait le plus proche, « à cause de son caractère et de la diversité de ses talents ». J'avais objecté qu'il avait gagné la guerre mais perdu la paix, avec cet absurde traité de Versailles qui, à trop vouloir abaisser l'Allemagne, l'avait fait exploser. Il m'avait répondu que c'était l'homme qui le fascinait. Il aimait aussi que sa carrière ait commencé si tard. Il l'admirait d'avoir été « ministre pour la première fois à soixante-cinq ans, après avoir été l'un des plus jeunes députés ».

Clemenceau ou l'homme qui ne voulait pas mourir. Sa vie fut une apologie de la vieillesse. À soixante-seize ans, lors de la Première Guerre mondiale, il fit don de sa personne à la France mais, contrairement à Pétain, tint tête aux Allemands.

Mitterrand, lui, tint tête à son cancer. Ce fut sa guerre. Il convoquait sans arrêt ses médecins, jouant les uns contre les autres, selon son habitude, et, comme Clemenceau, les mobilisait contre l'ennemi qui le rongeait de l'intérieur.

Le vainqueur de la Grande Guerre aimait dire qu'en 1917 il avait eu dans son cabinet deux hommes entre lesquels il devait choisir : un défaitiste et un fou. Pétain et Foch. Il avait choisi le fou.

Pour son cancer, quand tout était perdu, Mitterrand aussi avait choisi le fou. Il choisissait toujours le fou.

Je me souviens de l'avoir entendu énoncer, sur un ton paternel, quand le jobard que j'étais pensait incarner le jeune homme qu'il aurait voulu être : « Le génie, qu'est-ce que c'est ? Pas grand-chose. Les génies méconnus courent les rues. Le talent ? Il mène souvent nulle part. L'intelligence ? Sans le caractère, ce n'est rien. La seule chose qui permette d'avancer, c'est la persévérance. »

Je le crois bien volontiers. La persévérance est sans doute la seule audace qui vaille. Après la morale, s'entend.

« Soyez persévérant, disait-il. C'est comme ça que vous vaincrez les matheux, les rats, les esbroufeurs, les courtisans, les éloquents, les travailleurs de force... »

Ses mots me revenaient à l'esprit chaque fois que je le voyais, jaune citron et courbatu jusqu'à l'os, en train de ramer, au soir de sa vie : « Soyez persévérant. »

Tel fut Mitterrand, tel Clemenceau...

C'est sans doute pourquoi ils avaient à la fin la même tête de mort et le même teint de cire. Les deux hommes ne s'arrêtaient jamais et, s'ils prenaient quand ça les arrangeait des chemins de traverse, ils ne savaient pas reculer. Ils abominaient tout ce qui se trouvait, un tant soit peu, sur leur passage.

D'Aristide Briand, Georges Clemenceau avait dit : « Même quand j'aurai un pied dans la tombe, j'aurai l'autre dans le derrière de ce voyou. » Ou de Félix Faure : « En entrant dans le néant, il a dû se sentir chez lui. » Quoique orfèvre du bon mot, François Mitterrand préférait, lui, les formules lapidaires pour résumer ses ennemis : « C'est un nul », « Ce n'est rien », « Il existe encore celui-là ? ». Il était mauvaise langue mais se gardait des condamnations venimeuses. Il se limait les dents par éducation, par précaution, peut-être par superstition. L'avenir n'est jamais écrit.

C'est ainsi qu'il a fait beaucoup moins rire que son ancêtre qui, à l'agonie, continuait encore à enfiler les vacheries. Alors que nous sortions de la forêt pour emprunter le chemin qui mène à la maison de Latché, je racontai au Président cette histoire que je tenais de Maurice Faure, qui la tenait d'Édouard Herriot : « Quand il était à l'article de la mort, Clemenceau avait fait dire qu'il ne voulait pas de visite. Mandel, qui avait été son plus proche collaborateur, se présenta quand même chez lui. La gouvernante lui demanda de rester dans l'entrée et annonça le visiteur au mourant qui laissa tomber, sans doute en ricanant : " Déjà les vers... " »

Le Président pouffa comme un enfant. Rire de la mort rajeunit toujours.

*

Quelques mois plus tard, alors que je lui demandais à quel personnage de l'histoire de France il lui arrivait de s'identifier, la ressemblance était devenue totale : les mêmes orbites creuses, la même agressivité volontaire et hagarde que Georges Clemenceau.

« À aucun d'entre eux, répondit-il. Dans notre siècle, j'ai une préférence, malgré ses énormes défauts, pour Clemenceau. Pour les temps plus anciens, les premiers noms qui me viennent à l'esprit sont Henri IV, Mazarin, Condorcet, Vauban...

— Pourquoi Vauban ?

— C'était un homme de modeste extraction ou, disons, de très petite noblesse. Au XVIIIe siècle, il est devenu maréchal de France par son seul mérite. On connaît son génie militaire et son art des fortifications. Mais c'était aussi un esprit libre qui voulait l'égalité et la justice devant la loi. Après la publication de son *Projet d'une dîme royale*, il fut disgracié et dut aller vivre sur ses terres, non loin de Vézelay, cher à mon cœur. À mon avis, c'est l'homme de l'équilibre français.

— Et si l'on remonte un peu plus dans le temps ?

— À qui ? À Vercingétorix.

— Vous aimez bien les perdants ? »

La tête de mort sourit ; un sourire sardonique, bien qu'il se voulût aimable.

« Puisque nous parlons de Vercingétorix, reprit François Mitterrand, il a quand même gagné quelque temps, bien que les peuples gaulois ne fussent pas en mesure de résister à la machine romaine. C'est à l'oppidum gaulois de Bibracte qu'a été tentée ce qu'on pourrait appeler la première forme de l'unité française. Faut-il parler d'unité française ? Les mots sont un peu forcés, mais c'est là que les chefs gaulois sont venus prêter serment de fidélité à Vercingétorix. Pour la première fois, des tribus, des provinces représentées par leurs chefs se sont senties solidaires les unes des autres.

— Vous pensez que l'embryon de la France est apparu ce jour-là ?

— Ce n'était pas la France, mais une première tentative d'unité.

— Quand a-t-elle été créée, la France ?

— On peut en discuter. On en discute beaucoup. J'ai envie de vous dire : avec Philippe Auguste. D'abord, ce fut un vainqueur. Il a joué un rôle important en Europe. Ensuite, ce fut un législateur. Il a donné, avec la Tour du Louvre, un vrai centre au pays. Mais il restait encore beaucoup à faire après lui. Mon choix est peut-être arbitraire. On pourrait dire aussi que la France est née avec Charles V. »

Il se mordit les lèvres, mais il n'en avait plus.

« J'oubliais, poursuivit-il. La plus grande figure de l'histoire de France, finalement, ce fut sans doute Charles VII. C'est étrange de penser qu'il y a si peu de biographies sur lui. La postérité l'a oublié. Il a pourtant unifié la France. Il l'a dotée d'une vraie administration. Il l'a arrondie. Il lui a donné confiance en elle-même. Mais il n'a pas eu de chance. C'est à cause de Jeanne d'Arc. Elle lui a fait de l'ombre. À l'époque, le roi devait considérer que cette petite jeune fille de Domrémy n'avait strictement aucune importance. De son règne, on ne se souvient plus que d'elle, aujourd'hui. »

Qui était président de la République sous Jaurès, Proust ou Prévert ? Qui était roi sous Rembrandt, Van Gogh ou Spinoza ? François Mitterrand n'arrivait pas à accepter que la société civile ait si aisément l'avantage. Face à l'armée de ceux qui illuminent le monde d'une idée, d'un trait ou d'un bon mot, cet homme qui se disait ami des arts et des lettres se sentait finalement solidaire des puissants.

La mort, souvent, ne leur réussit pas.

Quand je lui demandai quel était le personnage de l'histoire de France qu'il détestait le plus, il répliqua sans hésiter : « Talleyrand.

— Sur le plan humain ou sur le plan politique ?

— Je le déteste parce qu'il vendait la France.

— Parce qu'il a trahi Napoléon ?

— Non. Parce que, je le répète, il vendait la France. À tout le monde.

— Vous aimiez Napoléon ?

— C'est un très grand personnage, mais, à mes yeux, son bilan a été " négatif pour la France ".

— Il l'a même rapetissée. Une étude d'historien sur la taille des conscrits a montré qu'elle avait baissé de deux centimètres sous son règne.

— Êtes-vous sûr qu'elle a grandi sous mon règne ? »

Il rit et se frotta les mains, de grosses mains étranges dont on ne savait pas si elles étaient faites pour caresser les femmes ou étrangler les hommes.

CHAPITRE III

Revenus de la promenade, nous nous assîmes sur des chaises longues installées sous les branches feuillues d'un grand arbre dont l'ombre et la tiédeur avaient quelque chose de maternel. On était bien, dessous. J'eus le tort de ramener la conversation sur Clemenceau : « Sa grande erreur fut d'aimer l'argent. »

Signe d'agacement au-dessus de l'œil gauche.

« Qu'est-ce que vous voulez insinuer ? demanda-t-il.

— Qu'il était légèrement pourri sur les bords.

— Ah ? »

Le Président prit un air effarouché, celui de la comtesse qui vient de découvrir une crotte de renard dans ses rosiers. J'étais content d'avoir marqué un point, mais je crus nécessaire de corriger : « Ce fut un grand homme, Clemenceau. Le drame est qu'il n'était pas net. »

François Mitterrand haussa les épaules : « Pas net, pas net... Comme vous y allez... Parce que vous croyez qu'on fait de la politique pour se remplir les poches ?

— Non, même si l'on peut dire que l'un n'empêche pas l'autre. Voyez Talleyrand. »

Le Président soupira bruyamment pour signifier son exaspération.

« Ce qui intéresse l'homme politique, dit-il en se caressant les paumes l'une contre l'autre, ce n'est pas l'argent. C'est le pouvoir. Il ne pense qu'à ça tout le temps, jour et nuit. S'il passe ses dimanches à serrer des mains, écouter des raseurs ou faire de la route, c'est pour le pouvoir. S'il sacrifie tout, sa famille, sa santé, sa dignité, c'est toujours pour le pouvoir. Il se gâche la vie pour être conseiller général ou président de la République. Pas pour gonfler son compte en banque. »

*

Je pensais aux journées passées avec François Mitterrand, dans les années soixante-dix. C'était un moine-soldat, spartiate et insomniaque, qui savait tirer le maximum de sa carcasse. Il ne la traînait pas. Elle le traînait.

Je lui avais dit, un jour, qu'il avait retenu la leçon de Bouddha : « L'homme naît seul, vit seul, meurt seul ; et c'est lui seul qui pioche le chemin. — C'est pour ça que je n'arrête pas de piocher », avait-il rétorqué.

Il était comme ceux qui en font trop : l'homme de Neandertal était revenu en lui. Il n'arrivait plus à contrôler sa barbe et il ne sentait pas la rose. De ses chaussures, on aurait pu dire qu'elles avaient connu la guerre, sûrement pas le cirage.

Il se brossait certes les dents. Un matin, alors que nous nous trouvions à Châtellerault, il m'avait prêté son tube de dentifrice. Il en avait parlé ensuite à des amis communs en rigolant à moitié, alors que nous étions brouillés : « Quel horrible personnage ! Quand je pense à tout ce que nous avons partagé ensemble ! »

À l'époque, je l'avais souvent suivi dans ses tournées pour le compte du *Nouvel Observateur.* À l'hôtel, nous prenions des chambres contiguës. Quand il fallait repartir tôt, c'est lui qui me réveillait. Nous nous parlions beaucoup. Il m'apprenait la vie, les femmes, les bons coins de France.

Il m'avait enseigné aussi à faire mes bagages à l'occasion de ses voyages dans la France profonde : « Pas de valise. Vous prenez votre rasoir, votre brosse à dents, un tube de dentifrice, une chemise de rechange, une paire de chaussettes et vous mettez tout ça dans votre serviette. Avec un livre, bien sûr. Il faut toujours un livre... »

Levé à six heures et couché à deux heures, François Mitterrand allait porter la bonne parole dans les arrière-cuisines des militants socialistes. Il ne se lassait pas d'écouter, l'air grave ou passionné, les propos les plus insipides de ses camarades. Qu'ils parlent de leurs querelles de clocher, des études de leurs enfants ou de leurs derniers orgasmes gastronomiques, leur conversation paraissait le passionner. Il savait faire semblant.

C'est sûrement ce qui fatigue le plus dans la vie : faire semblant. Je n'aurais jamais su contenir comme lui l'exaspération qui m'agite chaque fois que la bêtise s'exprime. J'aurais eu trop peur que mes cellules n'explosent, et d'attraper le cancer.

*

Des cris d'oiseaux dérangés s'élevèrent, un moment, d'un arbre du jardin. Un chat était passé, ou bien un épervier. Le Président ne leva même pas le nez. Un pin eût crié sous le vent, il se serait alarmé.

« Si les hommes politiques ne sont obsédés que par l'idée de conquérir ou de conserver le pouvoir, repris-je, pourquoi y a-t-il tant de corruption ?

— Parce que l'argent est trop souvent facile.

— Il arrive aussi que les hommes politiques se mettent en quatre pour le trouver.

— Dans ce cas, c'est parce qu'ils ont un sentiment d'impunité. Le phénomène est classique quand on est parvenu en haut de la montagne, on ne regarde plus en bas. On croit que c'est arrivé. Voyez les " affaires ". On est souvent stupéfait par la légèreté de ceux qui se sont fait pincer. On se demande comment tous ces gens ont pu être bêtes à ce point...

— Ils n'ont pas résisté à la tentation. »

Le Président hocha la tête avec un sourire supérieur et dit : « Vous n'allez pas découvrir la lune... Il y en a beaucoup qui, dans l'histoire, n'ont pu résister à la tentation. On voudrait nous faire croire que la corruption est un phénomène nouveau. Et Jacques Cœur ? Et Sully ? Et Richelieu ? Et Mazarin ? Et Colbert ? Et Fouquet ? Et Mirabeau ? Et Danton qui avait volé les fonds secrets de la Justice ? Et Talleyrand qui disait, après avoir été nommé ministre des Relations extérieures sous le Directoire : " Il faut faire une immense fortune, une fortune immense ". »

Il respira profondément. C'était le vent de l'Atlantique qui passait. Il ne fallait pas le laisser repartir.

Je me demandai s'il n'avait pas cité ces noms pour relativiser les choses et, finalement, s'absoudre.

Les coquins sont de toutes les époques. Souvent, ils donnent des leçons de morale. Parfois, ils finissent en prison. Ou bien dans des châteaux. Il leur arrive aussi d'avoir des funérailles nationales.

Je ne sais pourquoi, je pense au Président et à l'un de ses coquins favoris chaque fois que me revient en tête la formule de Chateaubriand : « Tout à coup, une porte s'ouvre : entre silencieusement le vice appuyé sur le bras du crime, M. de Talleyrand marchant, soutenu par M. Fouché. »

Je ne sais pourquoi, parce que François Mitterrand n'était ni le vice ni le crime. Ce n'était qu'un épicurien qui avait élevé le plaisir, et d'abord celui de gouverner, jusqu'au rang de vertu. Il ne pouvait faire autrement. On ne lui prêtait que celle-là, même si ce n'était pas la seule.

« Quand je quitterai l'Élysée, je n'aurai rien de plus que lorsque j'y suis entré. On pourra le constater, puisque je publierai l'état de mon patrimoine. » Sourire. « Naturellement, ce qui ne sera pas publié, c'est la masse des comptes qu'on me prête en Suisse. » Rire. « Ce sera très difficile à établir. » Nouveau rire. « Moi aussi, je m'y perds. » Petit pouffement. « Je ne connais même plus les adresses. »

Un silence de contentement.

« Vous a-t-on dit que j'ai un palais à Venise ? C'est la dernière rumeur. »

Il redevint subitement sérieux. Signe d'accablement du côté du front.

« Vous savez bien que je n'aime pas l'argent, reprit-il.

— Oui, je sais. »

Il suffisait de le regarder, mal fagoté dans sa vieille chemise et son pantalon de médiocre étoffe.

Mais je ne lui répondis pas qu'il aimait les gens qui aimaient l'argent. J'imagine qu'il lut dans mes pensées.

« Et Pelat, me direz-vous ? »

J'aurais pu fournir d'autres noms. Les profiteurs et les traficoteurs tournent toujours autour du pouvoir comme des mouches, et François Mitterrand avait le don de les attirer sous son aile. Mais Pelat était d'un genre particulier. Il s'était fait à la force du poignet, qu'il avait gros, comme l'appétit. Après avoir été garçon boucher, serveur de café et ouvrier chez Renault, il avait rencontré François Mitterrand en 1940, dans un camp de prisonniers, près de Weimar : le Stalag 90, en Thuringe. Après quoi, il avait fait de la Résistance puis des affaires et, du début à la fin, beaucoup de blagues. Car il était drôle, ce matamore à double fond, même quand il ne cherchait pas à l'être. J'ai souvent vu le Président rigoler à ses côtés.

« C'était mon ami, dit le Président. Je l'aimais beaucoup. Il me fascinait un peu. C'était une force de la nature, vous comprenez. Dans sa propriété, il conduisait lui-même son tracteur. Il avait un sacré coup de fourchette et il n'arrêtait pas de blaguer. Mais c'était aussi quelqu'un qui n'acceptait pas les règles de la société. Un réfractaire, en fait. S'il avait une chance de se faire de l'argent avec un bon tuyau, il n'allait pas hésiter. Je l'ai toujours su. C'est pourquoi, malgré toute mon affection, je n'ai jamais été dîner à son domicile. Pas une seule fois. Vous pouvez vérifier. »

Il valait mieux ne pas vérifier. J'étais sûr qu'il mentait.

L'argent n'a pas d'odeur. Mais ses serviteurs puent. Souvent la cocotte. Parfois le vison. Ou encore le cheval. Je me suis souvent demandé comment le Président avait accepté de vivre au milieu de cette ménagerie où tout le monde avait les doigts pleins de confiture. À la longue. il ne pouvait que se mépriser.

Mais je crois qu'il s'aimait trop pour cela.

*

Les légendes arrivent sans qu'on les voie venir. Par-derrière, par surprise, en catimini. À force de se répéter, elles finissent par se transformer un jour en vérités révélées.

C'est ainsi que François Mitterrand est devenu, aux yeux de tant de bons auteurs, l'un des grands bandits de l'histoire de France : « tonton Picsou ». Il n'était pas un homme d'argent, pourtant. Il se perdait dans les chiffres. Il s'égarait dans les zéros. Il aimait par-dessus tout la sobriété monacale qu'il imposait partout, jusque dans la petite chambre aux murs blancs où il est mort, avenue Frédéric-Le-Play.

J'ai déjà dit qu'il ne payait jamais. Ni au restaurant ni ailleurs. Mais il ne savait pas non plus se faire payer. « Dans les années soixante et soixante-dix, quand j'étais avocat, m'a-t-il raconté, j'avais un problème : mes clients me roulaient dans la farine. Il y eut d'abord Rinaldi, un Corse, trafiquant de faux tableaux, qui m'avait dit, la première fois que je l'ai rencontré : " Quand je suis arrivé sur le sol continental, j'ai fait comme le pape. Je me suis agenouillé et j'ai embrassé la terre. " Il avait fait le vœu de ne pas travailler. Son vœu fut exaucé. Il ne m'a jamais réglé mes honoraires non plus. Mais il était très sympathique. Il y eut aussi ce milliardaire italien qui vint me voir après le procès : " Je ne peux pas vous payer. Je suis ruiné. Prêtez-moi un peu d'argent, je vous en supplie, juste pour manger. " Je lui donne deux cents francs de l'époque. Une somme. C'est l'heure du déjeuner. Il me propose de me raccompagner au restaurant où j'ai un rendez-vous. En bas, une Bentley l'attend. Avec un chauffeur. Il y eut encore ce Canadien qui m'invita au restaurant dans le plus grand hôtel de Monaco et qui, à l'heure de l'addition, me dit en tâtant sa veste : " Oh ! zut, c'est idiot, j'ai oublié mon portefeuille. " J'ai même été assez bête pour rester son avocat. »

Il n'était pas homme d'argent, mais il avait compris que l'argent était le meilleur ami du pouvoir auquel il sacrifiait tout, sa vie, son œuvre, sa morale.

L'argent protège, purifie et grandit. C'est ce que croient les réalistes, ces avares de l'esprit. François Mitterrand était réaliste, je l'ai dit. Il avait bien trop à faire pour le collecter, ou pour le dépenser. Mais il en fallait. Pour les femmes, pour les enfants, pour après.

Il ne faisait rien lui-même. Mais il laissait agir à leur guise ceux qui, parmi les siens, cambriolaient la France en toute bonne conscience, le socialisme en bandoulière. Il les méprisait fatalement car il ne parvenait pas à faire taire en lui la voix de l'autre Mitterrand, celle qui avait l'accent de sa mère et qui lui disait, comme Léon Bloy : « Le sang du pauvre, c'est l'argent. On en vit et on en meurt depuis des siècles. Il résume expressément toute souffrance. »

Il les méprisait, mais il les supportait et les soutenait. Pas seulement parce qu'ils lui rendaient la monnaie, plutôt parce qu'il ne relâchait jamais son amitié, fût-elle glauque ou nauséabonde. Il ne fut fidèle qu'aux siens. Il laissa les plus troubles et les moins fréquentables l'accompagner jusque sur son lit de mort et même au-delà, dans un tintinnabulement d'espèces sonnantes et trébuchantes. Il ne les jugeait pas. « Les hommes ne sont ni noirs ni blancs, disait-il. Ils sont gris. »

En l'espèce, François Mitterrand aussi fut gris, comme tous les chats la nuit.

CHAPITRE IV

Nous nous promenions dans sa propriété. Les aiguilles de pin formaient un tapis par terre et il était doux de marcher dessus : c'était comme si l'on marchait sur du beurre. Le Président glissait dessus. Il a toujours glissé.

Je n'ai jamais compris comment ce terrien, avec ses gros pieds, avançait avec autant de légèreté. En toute circonstance, fût-elle solennelle, sa démarche restait aérienne. Il ne martelait jamais ses pas, comme font la plupart des chefs d'État. Il donnait toujours l'impression d'arriver en douce, par surprise.

Nous parlions de René Bousquet, le secrétaire général de la police sous Vichy, qu'il avait fréquenté jusqu'à ce qu'il fût officiellement accusé de crime contre l'humanité pour sa responsabilité dans la rafle du Vél' d'hiv'. Je lui faisais part de mon étonnement devant sa coupable indulgence pour cet ancien collaborateur de Pétain.

« Je ne l'ai pas vu beaucoup, dit-il. J'ai même arrêté tout contact à partir de 1986. Mais c'est quelqu'un que j'aimais bien. Il avait un bagou incroyable.

— Vous n'avez pas eu le sentiment de vous compromettre avec lui ?

— Non. Il avait été blanchi par les tribunaux de la Libération qui, pourtant, avaient eu la main lourde. On lui avait restitué toutes ses décorations. Il avait collaboré, c'est clair, mais il avait aussi aidé la Résistance.

— Qu'est-ce que vous aviez besoin de continuer à le voir, après qu'on eut commencé à rappeler son rôle dans la rafle du Vél' d'hiv' ?

— J'ai tendance à donner raison aux gens qui sont accusés tant qu'on ne m'a pas prouvé que j'ai tort. Et puis je ne lâche jamais mes amis.

— Mais ce n'était pas un ami.

— Non, c'est vrai. C'était une relation.

— Qu'est-ce que vous lui trouviez de particulier ? »

Je me souviens qu'à cet instant, un silence où passait le vent tomba sur nous. Le Président s'arrêta et me regarda pendant quelques secondes, avant de laisser tomber avec un petit sourire : « C'est mon mauvais côté. » Puis son sourire s'agrandit, découvrant ses dents grises. « La canaille, dit-il, j'ai toujours aimé la canaille. »

Il en avait parlé comme d'un plat, avec gourmandise.

« C'est le genre de personnage qui m'a toujours amusé, murmura-t-il. Un aventurier. »

Je savais ce qu'il aimait chez les autres. Il ne s'entendait vraiment bien qu'avec les êtres qui s'assumaient tels qu'il refusait de se voir : ludique, paillard et libertin. Mais il fallait qu'ils sachent transgresser les tabous qui le paralysaient lui-même. C'est pourquoi flottait autour de lui, partout où il se rendait, une rumeur étrange où se mêlaient les rires gras et les histoires salaces.

S'il avait parfois le maintien royal, celui de Louis XIV devant sa cour, la bouche en cul-de-poule et le regard emporté par le ciel, très loin et très haut, il ne se prenait pas pour un roi. Mais il avait besoin de fous ou de bouffons. Il n'y avait plus que ça autour de lui, dans les dernières années : Michel Charasse, Bernard Tapie, Jacques Seguela et tant d'autres, qui ne se déplaçaient pas sans leur panier de farces et attrapes. Sans parler de Roger Hanin qui arrivait, l'œil paternel, avec son stock de bonnes blagues.

« Vous connaissez la dernière histoire, monsieur le Président ? » Et, déjà, le nez présidentiel se mettait à frémir, tandis que les lèvres remuaient, prêtes au rire.

Un roi sans divertissement n'était-il pas un roi malheureux ?

Il soignait ses angoisses à grand renfort de coups de téléphone, de voyages éclair en hélicoptère ou d'après-midi de rigolades sous les arbres. Il lui fallait toujours penser à autre chose ou occuper son esprit. C'est pourquoi il avait tant besoin du pouvoir.

Il y a longtemps, lors d'un voyage en train, il m'avait questionné avec ce ton pénétré qu'il adoptait volontiers quand il se moquait du monde : « Le pouvoir, c'est quoi pour vous ? »

Je ne savais trop quoi répondre à une question pareille, où je flairais un piège. Finalement, je choisis la formule de Henry Kissinger dont je venais de lire les Mémoires.

« Un aphrodisiaque, dis-je, plaisantin.

— C'est vrai qu'on ne connaît pas d'hommes d'État qui n'aient cédé à la tentation, avec des capacités généralement décuplées. Ça vaudrait la peine de gouverner, rien que pour ça. Je me souviens de Le Troquer, l'ancien président de l'Assemblée nationale. Son corps se défaisait, mais, chaque fois que je le voyais, il me montrait son entrejambe et disait avec un sourire de vainqueur : " Ça marche toujours ". »

Je lui rappelai les frasques de Napoléon et son petit mot à Joséphine : « Ne te lave pas. J'arrive.

— N'est-ce pas plutôt Henri IV ? »

Il sourit puis demanda : « Et de Gaulle ?

— Rien à signaler sur ce plan, c'est vrai. Mais il est à part dans l'histoire. Ce n'était pas un homme, c'était une idée. Il était la France incarnée et la France ne couche pas. »

Haussement d'épaules présidentiel.

« De Gaulle aimait le pouvoir, protesta-t-il. Il n'aimait que ça. Ce n'était ni Blanche-Neige ni Jeanne d'Arc. Même s'il est vrai que, sur le tard, on ne lui connaissait pas d'histoires de femmes. »

Pour alléger l'atmosphère, je revins au sujet et rapportai la définition du pouvoir que m'avait donnée un jour Edgar Faure : « " C'est de l'eau, ça vous glisse tout le temps entre les doigts. "

— Il parlait en connaissance de cause. Le pouvoir lui a toujours échappé.

— Mais qui l'a attrapé ?

— Bonne question. La réponse est : personne.

— Edgar Faure m'a dit aussi : " C'est de l'eau, ça permet de se laver les mains du reste. "

— Moi, je dirais que c'est une casserole trop pleine : l'eau s'échappe par tous les bords. Il s'agit d'une quête, donc d'une obsession. Quelque chose qui vous prend quand vous êtes petit, et qui ne vous lâche plus, mais que vous n'arrivez jamais à avoir. »

C'est ce qui explique le sentiment d'insatisfaction qui habita toujours François Mitterrand. Je me souviens encore l'avoir entendu dire d'une voix plaintive, en 1982, alors qu'il bénéficiait des prérogatives exorbitantes que confère au chef de l'État la Constitution de la Ve République : « La droite a l'administration et le monde de l'argent. Elle tient les banques, les entreprises, les journaux. Moi, je n'ai rien.

— Vous avez l'exécutif et le législatif, c'est-à-dire tout. Que pouvez-vous demander de plus ?

— Vous n'avez pas compris que je n'ai aucune prise sur les rouages du pays. Je passe mon temps à appuyer sur des boutons qui ne répondent pas. La droite a ses hommes partout et nous, nous les gardons.

— Vous en avez viré beaucoup.

— Nous sommes trop gentils. C'est pour ça que je n'ai pas de pouvoir. »

Plus il en voulait, moins il en avait. Au bout de quelques mois, il chevauchait la France, mais elle se dérobait sous lui.

Je ne suis pas sûr qu'il en ait souffert. Quoiqu'il ne fût pas homme à se contenter des apparences, il était trop lucide pour s'imaginer qu'il pût dominer les éléments. Il savait bien qu'ils auraient, un jour, raison de lui et que sa condition ne le protégeait pas, puisque, comme le dit Eschyle, ce sont les cimes que frappe la foudre de Zeus.

*

Je sais que l'image aura l'air grandiloquente, mais il donna l'impression de se remplir l'âme de vent et bomba le torse. Il couvait quelque chose, qui n'était pas un œuf.

« Vous connaissez l'histoire du Président ? »

Il ne chercha pas dans mes yeux la réponse à sa question. Les siens étaient déjà rieurs.

Il poursuivit : « Lors de la passation de pouvoirs, le Président sortant lui donne trois enveloppes numérotées. "Chaque fois que vous aurez des ennuis, ouvrez-en une, ça vous tirera d'affaire." Au bout de trois mois, une grande grève paralyse le secteur public. Le chef de l'État ouvre la première enveloppe : " Imputez vos difficultés à votre prédécesseur. " Ce qu'il fait. Le travail reprend. Un an plus tard, nouvelle grève. Il ouvre la deuxième enveloppe : " Incriminez la conjoncture internationale. " Il suit le conseil. Avec le même succès. Deux ans après, le pays fait encore sa crise : la poste, les transports en commun, le gaz, l'électricité, plus rien ne marche. Il y a des manifestations partout. Alors il ouvre la troisième et dernière enveloppe : " Préparez trois enveloppes. "»

Il me regarda finir de rire, s'arrêta, planta sa canne dans les aiguilles de pin et s'y appuya de tout son poids en respirant très fort, comme si c'était la dernière fois : « J'aime l'air de la mer. À cause du sel. »

Il voulait peut-être me dire quelque chose, mais je décidai de ne pas insister et de le ramener à notre conversation de départ : « Si le pouvoir n'existe pas, qu'est-ce que c'est, alors, la politique ?

— Qu'est-ce que c'est ? » répéta-t-il.

Il avait les yeux plissés de quelqu'un qui cherche. En réalité, il avait trouvé. « C'est Aristide Briand qui a donné la meilleure définition : " La politique, ça consiste à dire des choses aux gens. " »

Je n'aimais pas cette définition. Elle suintait l'« à-quoi-bon », car elle donnait raison à tous les beaux parleurs de l'histoire qui ont endormi le peuple, quand ils ne l'ont pas envoyé se fracasser contre les murs. S'ils doivent toujours gagner, ce qui reste à prouver, c'est que rien ne vaut rien et, donc, que tout se vaut. J'ai toujours préféré Jefferson à Washington, Condorcet à Robespierre, ou Bismarck à Guillaume II. Je le dis au Président et lui rappelai la formule d'Édouard Daladier : « La politique n'est ni une logique ni une morale, mais une dynamique, généralement irrationnelle. »

Il me regarda bizarrement et murmura : « Pourquoi généralement ? Toujours irrationnelle. »

J'étais sûr qu'il n'en croyait rien. Il détourna le regard, avec un air de lassitude, pour m'indiquer qu'il préférait changer de sujet.

CHAPITRE V

Le Président me laissa en plan pour attendre Jacques Pilhan, son conseiller en image, qui marchait derrière nous et que l'on surnommait le Chevalier du Déclin. C'était une espèce de coq à crinière et en armure que les temps mauvais rendaient belliqueux, le carré d'as du dernier carré, quand tout le monde vous a lâché.

« Si je devenais sénile, lui demanda François Mitterrand, est-ce que vous me le diriez ? »

Pilhan haussa les épaules avec une certaine insolence, comme s'il était abasourdi devant l'inanité de la question. C'était le prince des Pygmalions. Il avait tous les droits.

« Bien sûr, monsieur le Président.

— Je compte sur vous.

— Vous pouvez.

— Mais je suis sûr que vous ne le ferez pas. »

Anne Lauvergeon entra dans la conversation, avec l'autorité de l'infirmière, une autorité affectueuse : « Vous n'êtes pas en train de devenir sénile, protesta-t-elle. Il ne faut pas parler ainsi, monsieur le Président. »

Quelques jours plus tôt, après qu'elle se fut livrée à une remontrance du même genre, il avait dit : « Allez, sitôt que je serai mort, vous penserez à la robe que vous mettrez pour mon enterrement. Mais, de toute façon, il n'y aura presque personne pour y assister. » Cette fois, il adressa un sourire coquin à Anne Lauvergeon, puis s'excusa : « Je dois réfléchir à tout ça, vous savez. L'étau se resserre. Je le sens dans mes chairs. »

Lui qui aimait regarder les choses de biais, il regardait la mort en face. Longtemps, il avait pensé que le destin lui réserverait la fin de Charles Quint qui, trois semaines avant de rendre l'âme, assista à sa propre messe de requiem. Désormais, il se disait que la maladie le condamnait à une longue agonie, comme celle de Louis XIV décrite par Saint-Simon, quand chaque jour est une nouvelle marche que l'on descend vers l'au-delà, pour terminer seul et à genoux.

« Je ne suis pas sûr de tenir jusqu'à la fin de mon mandat, dit le Président. Si j'y arrive, ce sera un exploit. »

Sourire jaune citron, d'un vieux citron tombé par terre.

« C'est malheureux, mais je crois que je vais rater ma sortie à deux mois près. Vous vous rendez compte ? À deux mois près. »

Il avait vraiment l'air malheureux.

J'avais souvent parlé de la mort avec lui. Il l'évoquait avec détachement, comme s'il s'agissait d'une petite rage de dents, pourtant il donnait le sentiment de ne penser qu'à ça, car la question revenait régulièrement dans la conversation. Et puis, il hantait depuis longtemps les cimetières.

Un jour, je lui avais dit : « C'est étrange, mais les amis morts sont souvent plus présents que les vivants. Ils habitent en nous.

— Vous avez remarqué ça aussi ?

— Plus les années passent, plus on a d'amis morts dans la tête. Ça doit être une vraie cohue à votre âge.

— C'est vrai. Il m'arrive ce que connaissent tous ceux qui ont dépassé soixante-dix ans. Les morts s'accumulent autour de moi et je commence à me sentir un peu seul.

— Pas si seul que ça, puisque vous vivez avec. Vous leur parlez ?

— Non. Enfin, ça dépend. Il est possible que je parle à ceux qui m'ont été très proches et qui ont disparu sans rien formuler vraiment, en leur transmettant des sentiments. Mais je ne m'en vanterai pas. Avec les morts, en général, je ne crois pas que je communique. Même si j'ai ce que les religieux appelleraient un temps de méditation. Avant de me coucher et de me mettre à lire, je pense à tous les gens que j'ai aimés dans ma vie. En fait, il ne se passe pas de jour sans que je pense à eux.

— À qui pensez-vous le plus ? »

Soupir mélancolique ; un chuintement de ballon crevé. « D'abord à mes parents. Ensuite à mes amis les plus chers qui ont disparu, parfois depuis longtemps : Georges Dayan et son frère Jean, et puis Jean Riboud, qui en a beaucoup bavé sur la fin, avec son cancer du poumon. Sans oublier aussi ce brave Jean Chevrier que je voyais toutes les semaines à Château-Chinon et qui cachait une très grande finesse sous un gros bon sens. Il faudrait encore ajouter un père jésuite, un peu marginal mais très influent, que vous ne connaissez pas. »

Il reprit sa marche d'un pas décidé, comme s'il était pressé. « Je n'ai pas peur de la mort, vous savez. Je l'ai trop fréquentée.

— À partir d'un certain âge, on finit par l'accepter. Ça devient une corvée à laquelle on ne peut échapper.

— On se dit qu'elle nous réveille de ce rêve qu'était la vie. »

Il me parla des quatre jours que Max Jacob passa à la prison d'Orléans avant d'être envoyé en déportation et à la mort. Le poète dansa et chanta, devant les autres prisonniers, des airs d'Offenbach. Le Président aimait cette fausse frivolité et cette vraie insolence devant le destin.

« Mais on a le droit de ne pas l'aimer, reprit-il. Casanova a dit des choses très justes sur la mort. »

Il chercha dans sa tête, puis, comme s'il avait appris la phrase par cœur, me dit quelque chose qui ressemblait plus ou moins à cette citation, que j'ai retrouvée depuis : « La mort est un monstre qui chasse du grand théâtre un spectateur attentif avant qu'une pièce qui l'intéresse infiniment soit finie. Cette raison doit suffire pour la faire détester. »

« Il n'y a qu'une chose qui me gêne, reprit-il : la souffrance. J'ai comme un poignard planté en moi, qui me prend la vie goutte à goutte. J'aurais tellement aimé mourir d'un seul coup.

— Vous n'auriez pas eu le temps de vous préparer. Sénèque nous a appris que c'est bien de voir la mort venir et de l'apprivoiser.

— J'aurais préféré mourir comme Jean Dayan : en plein sommeil. Quand on l'a retrouvé, il n'y avait rien sur son visage, rien, pas le moindre signe de souffrance. Il était couché sur le côté, l'air apaisé. Normal. Il y avait des mégots de cigarettes dans son cendrier. »

Il s'arrêta devant une herbe, la coupa avec ses ongles, la caressa du bout des doigts puis ferma les yeux, comme pris par une sorte de contentement intérieur. « Ce qui est le plus embêtant, dit-il, c'est qu'autour de moi tout le monde tombe comme des mouches, le désert s'installe... Si ça continue, je n'aurai bientôt plus personne avec qui partager de vieux souvenirs. C'est peut-être ça qui est le plus dur, dans la vieillesse. Le reste...

— Le reste, c'est quoi ?

— Pas grand-chose. Les rhumatismes. »

Il rit, d'un rire qui ne venait pas parce qu'il y manquait le souffle.

« Je souffre abominablement, voyez-vous. Même quand je ris. Chaque fois que je me réveille, j'ai peur. Je songe que je vais devoir affronter une nouvelle journée de douleur. »

Il rit à nouveau, d'un rire froid qui me glaça ; le même chuintement de ballon crevé.

« Mais je n'ai pas dit mon dernier mot. Dans ma famille, on meurt très vieux. J'ai des tantes qui ont vécu jusqu'à cent ans. Des oncles jusqu'à quatre-vingt-quinze ans. En attendant, ce qui est le plus gênant dans ce genre de situation, c'est que tout le monde a tendance à vous enterrer vivant. Plus personne ne vient me voir, par exemple. J'ai dû arrêter les projections privées de films à l'Élysée. Les gens se décommandaient tout le temps. De toute façon, je n'en avais plus envie. Je crois que je suis en train de me retirer de tout sur la pointe des pieds.

— J'ai un ami qui affirmait : “ Il y a ceux que quitte la vie et il y a ceux qui quittent la vie. ”

— C'est souvent la même chose. La vie, on la laisse parce qu'elle est en train de vous abandonner et que ça fait trop mal, rien que de respirer, de mastiquer ou de bouger les bras. Un jour, un de mes amis a décidé de mourir après que sa femme fut morte du cancer. Il a attrapé le cancer à son tour et il l'a rejointe quelques mois plus tard. Mais il n'est pas mort du cancer. Il est mort de nostalgie. »

Il appela son labrador, Baltique, qui s'était aventuré très loin dans les fougères. L'animal rappliqua si vite que le Président, fier d'avoir donné cette preuve d'autorité, ne parvint pas à réprimer un petit sourire de satisfaction.

« S'ils étaient tous comme Baltique, soupira-t-il. Mais vous n'imaginez pas les lâchages, les trahisons...

— Quand le chêne tombe, chacun se fait bûcheron.

— Dans mon cas, les bûcherons sont si pressés qu'ils ont commencé à me tronçonner avant même que l'arbre ne soit tombé. »

Il eut une expression de douleur, qui me parut feinte.

« Parmi ces bûcherons, j'ai trouvé des gens auxquels je ne m'attendais pas. Il y en a qui m'ont vraiment beaucoup surpris, les plus zélés de mes courtisans. On m'a souvent reproché d'être trop cynique avec les hommes, de les utiliser, de ne jouer que sur leurs défauts. Mais quand on voit ce qui se passe aujourd'hui, est-ce que je n'avais pas raison ? »

Sa voix exprimait la colère, une colère sans force. C'est pourquoi elle chevrotait.

« Tous mes anciens courtisans qui me tombent dessus, ils sont sans dignité, ils me doivent tout et me crachent à la figure. Évidemment, c'est facile maintenant...

— Louis XIV disait : “Aussitôt qu'un roi se

relâche sur ce qu'il a commandé, l'autorité périt, et le repos avec elle. ”

— Il avait raison. Volpone aussi d'ailleurs. Mais ce genre de phénomène n'est pas nouveau, vous savez. La mort nous ramène à notre juste place, c'est-à-dire nulle part. »

Il avait dit cela d'un air fatigué et royal.

*

« On dirait parfois que vous sentez le soufre, hasardai-je.

— Sans doute est-ce le sort réservé à tous ceux qui sont appelés à jouer un rôle dans la vie publique. Clemenceau en a vu d'autres. Mais il est vrai que j'ai eu mon lot. »

Je lui dis qu'il avait fréquemment provoqué lui-même les polémiques en réinventant sans arrêt le roman de sa propre vie. Après qu'il eut trop longtemps cherché à nous faire prendre nos vessies pour des lanternes, il ne fallait pas s'étonner que nous en venions, l'expérience aidant, à prendre ses lanternes pour des vessies.

Les mensonges ne vieillissent pas. Ils pourrissent tout de suite et c'est sur leur fumier que naissent les médisances.

« Pourquoi, demandai-je, avoir caché si longtemps que vous aviez rencontré Pétain ? »

Il fit comme s'il voulait s'assurer de ma question : « Pourquoi ? »

Après avoir jeté un regard circulaire, il

enchaîna : « Regardons la chronologie. Après avoir été prisonnier en Allemagne, je me suis évadé fin 1941. Je n'ai été mêlé à rien avant février-mars 1942. Je participe en juin à une réunion d'organisation de Résistance d'anciens prisonniers évadés. À la même époque, les centres d'entraide de prisonniers de guerre organisent une collecte pour leurs camarades dans les camps. Pétain nous demande de venir le voir. Sur les trois dirigeants du mouvement qui se rendent avec moi à son invitation, le principal, mon ami Marcel Barrois, est mort en déportation. Nos relations se sont arrêtées à cette brève rencontre. Après cela, j'ai participé aux différents mouvements de Résistance et j'étais, à vingt-cinq ans, l'un de leurs dirigeants. En mars 1944, le général de Gaulle m'a désigné parmi les quinze hommes qui, sous l'autorité d'Alexandre Parodi, seraient chargés de tenir l'État dans les premiers jours de la Libération. J'ai été de ceux-là. Le 19 août, je me suis assis à la place du commissaire général des prisonniers de guerre de Vichy. Dans ses *Mémoires*, le général de Gaulle relève mon nom parmi ceux qui, à leurs risques et périls, ont assuré la liaison entre l'Angleterre et la France, par avion ou par bateau, la nuit.

— Si vous êtes attaqué sur cette période, c'est aussi à cause de la francisque qui vous a été accordée par le Maréchal.

— Elle a été attribuée aux principaux dirigeants des organisations sociales. C'était un excellent alibi. Et puis je peux ajouter, pour m'amuser, que lorsque je me suis évadé la première fois d'Allemagne, à pied, j'ai fait vingt-deux jours et nuits de marche, souvent dans la neige, depuis la Thuringe jusqu'à la frontière suisse, avec un petit insigne sur mon imperméable, celui du NSDAP (le parti nazi). Le jour où j'ai trouvé cet insigne, j'étais très content, imprudemment content. Ne va-t-on pas dire que j'ai été nazi maintenant ? »

Il rit, sûr de son effet. C'est alors qu'il mentit. Quand je lui demandai s'il n'avait jamais flirté avec l'extrême droite, l'ancien Volontaire national (VN) qui vénérait le colonel de La Rocque et ses Croix-de-feu répondit, les yeux papillonnants, sans que son nez s'allongeât : « Je n'ai jamais flirté avec l'extrême droite. J'ai toujours été républicain. »

Il aurait pu dire que personne n'est parfait, surtout à vingt ans, et ajouter que le colonel de La Rocque n'était pas plus nazi qu'antisémite — il fut même déporté. Tout le monde lui aurait pardonné cet écart. Mais il voulait rester fidèle jusqu'au bout au roman de sa vie. Je lui pardonnai. Il y avait longtemps qu'il se racontait des histoires ; il avait fini par les croire, forcément.

« J'étais, enchaîna-t-il, un produit de mon milieu : la petite-bourgeoisie française très classique, catholique et traditionaliste. Donc de droite. Et patriote. Je n'étais pas Action française. Il n'est jamais passé une ombre d'antisémitisme dans ma famille, ni sur moi. Quand elle entendait des propos contre les juifs, ma mère disait, je m'en souviens : " Mais enfin, le Christ et la Vierge étaient juifs. " Ensuite la guerre et la captivité ont complété mon éducation. De 1942 à 1944, permettez-moi de vous le dire, j'ai pris beaucoup de risques. Ceux qui écrivent à ce sujet, j'aurais voulu les voir avec moi sur le petit terrain d'Anjou où je me suis trouvé dans la nuit du 15 au 16 novembre 1943, quand un minuscule avion est venu se poser comme ça, dans une prairie bordée de peupliers, pour m'emmener en Angleterre, et qu'il a traversé les tirs de la DCA allemande. J'aurais aimé avoir mes détracteurs pour compagnons quand je suis revenu d'Angleterre sur un petit bateau à proximité des côtes d'un pays que j'ignorais. On m'a mis dans une barque avec une boussole et des rames, avant de me dire : " Allez par là ! " Il faisait noir, la mer était grosse et je n'ai pas le pied marin. C'est ainsi que je suis arrivé en Bretagne, le 26 février 1944. »

Il se tassa soudain et me saisit le bras un moment. Il paraissait avoir du mal à s'y retrouver au milieu des souvenirs. La nostalgie le rattrapait-elle ? Il se sentait abandonné et cerné à la fois. Il rêvait d'une nuit qui, enfin, le protégerait.

CHAPITRE VI

Quand nous fûmes revenus sous les ombrages et au creux des chaises longues, un maître d'hôtel en tenue de sport et au teint halé, avec une tête de policier, arriva, un plateau de canapés au foie gras à la main. Comme toujours, parce que je ne sais pas me retenir et qu'une boulimie m'afflige depuis ma petite enfance, j'en avalai une dizaine d'affilée sous l'œil amusé du Président qui, lui, s'était abstenu.

Je crus reconnaître le foie gras en conserve de Danielle Mitterrand. Elle en remplit tant de boites, chaque année, qu'il est impossible de venir à Latché, fût-ce pour un seul repas, sans y goûter. Je ne m'en suis jamais plaint. Il est « goûteux », comme on dit dans mon pays, quoique farineux. Mais c'est le cas quand on le prépare de la sorte.

Plutôt que de lancer la conversation sur les avantages et les inconvénients du foie gras en conserve, je décidai de faire parler le Président de Ronald Reagan. Il me dévisagea, non sans lassitude, et fit un zéro avec son pouce et son index : « C'était rien, ce type. Vraiment rien. »

Je m'insurgeai. Ronald Reagan faisait partie de la catégorie des hommes d'État, assez répandue dans l'histoire, qui compensent leur faiblesse d'esprit par la force de leurs intuitions. Je rapportai au Président le petit discours que je l'avais entendu me tenir, un jour de déprime, dans le New Hampshire, pendant la campagne des primaires de 1980, alors qu'il était donné battu par tout le monde : « L'homme politique n'est plus entendu. C'est une pollution, dans un journal télévisé. Quand il arrive, entre les images de guerre ou de tremblement de terre, c'est comme pour les pubs : tout le monde profite de l'occasion pour aller aux toilettes. Moi, j'ai compris le truc. Je répète tout le temps la même chose. Il y a une chance qu'on retienne ce que je dis. Et puis je m'arrange toujours pour parler à côté de quelque chose de symbolique ou de pittoresque, qui attirera l'œil : un drapeau américain, un monument historique ou un arbre. Ainsi, j'ai une petite chance qu'on me voie à côté. »

Le Président eut un sourire qui voulait dire : c'est bien vu.

« Il faut voir, repris-je, comment Reagan carbonisait ses adversaires dans les débats télévisés. Je me souviens de l'avoir vu, lors d'un face-à-face, se faire appeler " Mister Governor " par John Anderson qu'il s'obstinait à appeler " John ". Quand la fin du débat approcha, il dit sur un ton badin en mettant, je crois, la main sur la cuisse de son adversaire : “Allez, John, ça fait des années qu’on se connaît et qu’on s’appelle par nos prénoms. Ce n’est pas parce qu’on est à la télévision qu’on ne va pas continuer. ” L’autre trembla, le ridicule l’avait tué en direct. »

Le rire présidentiel se fit attendre. Il ne vint pas.

« Reagan n’était pas drôle, dit le Président. Il répétait tout le temps les mêmes blagues et ne parlait qu’après avoir consulté ses fiches. »

*

Il est vrai que Reagan était le prototype du chef d’État du XXIe siècle : un prompteur de la catégorie des vertébrés qui n’avait sans doute pas lu un livre depuis l’université ; un homme avec des idées simples. L’anti-Mitterrand.

L’un de ses conseillers, Richard Allen, racontait qu’il comptait bien écrire un jour un grand discours pour Ronald Reagan sur la paix au Proche-Orient. À la tribune du Congrès, le jour dit, le Président en lirait la première page, la tête baissée, avec cet air de chien battu qui plaisait tant aux vieilles dames de Floride : « Je suis venu vous exposer mon plan en quatorze points pour rétablir la paix au Proche-Orient. »

Sur quoi, il tournerait la page. Mais sur la suivante, il y aurait juste ces mots : « Et maintenant, fils de pute, débrouille-toi. »

Je suis sûr que, dans cette circonstance, Ronald Reagan s'en serait sorti alors que tant de Grands auraient sombré. Son humour sauvait tout. C'est la politesse de la modestie et cet homme était si humble qu'il ne dédaignait pas de se rabaisser. Je comprends qu'il ait eu tant de mal à compagnonner avec François Mitterrand qui s'abritait volontiers, au début des années quatre-vingt, derrière son masque d'empereur romain déambulant le long des routes de l'Histoire, entre les encensoirs.

Ronald Reagan était l'homme d'État qui supportait que l'on rît à ses dépens. C'était sa faiblesse et c'était sa force. Le Président m'avait bien raconté la même histoire, à deux reprises, dans le passé, mais il ne me la resservit pas ce jour-là. C'était au sommet de Cancun, en 1981. François Mitterrand avait parlé, devant les chefs d'État des deux mondes, le riche et le pauvre, pour une fois assemblés, de la nécessité pour le Nord d'aider le Sud. Après quoi, Ronald Reagan avait pris le contre-pied du Président en disant quelque chose comme : « Je ne sens pas les choses comme ça. Le problème du tiers monde, c'est celui de l'ardeur au travail. J'ai un copain en Californie qui avait un petit bout de terrain mais pas un rond, il a creusé, il a trouvé de l'eau, il a beaucoup travaillé et l'argent est venu. »

Alors le président du Kenya, Daniel Arap Moi, s'était exclamé : « C'est formidable. Vous me rappelez mon grand-père.

— Vous voyez, dit Reagan. Et qu'est-ce qu'il est devenu, votre grand-père ?

— Il est mort de faim. »

J'étais heureux qu'il m'ait épargné cette histoire, car rien n'est plus difficile que d'avoir à rire d'une blague qu'on a déjà entendue plusieurs fois. C'est toujours une forme d'humiliation. Lorsque cela m'est arrivé avec le Président, je me suis senti ravalé au rang de courtisan de basse-cour. J'eusse préféré le rôle du fou. Mais, à la fin du règne, il est recommandé au fou de ne pas dire la vérité. On ne peut pas la rappeler à un vieil homme. Il la connaît. Elle lui crève même les yeux. C'est sans doute pourquoi François Mitterrand les avait si tristes désormais.

Comme je m'obstinais à ramener sur Ronald Reagan une conversation qui s'effilochait dans la tiédeur du jour, le Président décida de conclure : « C'était une cloche. »

Je ne parvins pas à fixer son attention sur les noms que je citais. Il aimait bien tout le monde, George Bush, Bill Clinton, Mario Soares, Felipe González ou Juan Carlos. Il prétendit avoir de la sympathie pour Boris Eltsine, mais je vis que je le remplis de plaisir quand je lui dis : « C'est une brute épaisse. » Il se rembrunit néanmoins quand j'ajoutai : « Mais c'est aussi un personnage historique. »

Il demanda avec une moue, celle qui, d'ordinaire, accompagne les aigreurs d'estomac : « Qu'est-ce que c'est, un personnage historique ?

— Le résultat d'une rencontre, celle d'un homme et d'un événement.

— Ah, fit-il, ironique.

— Chaque fois qu'il a rencontré l'Histoire, Eltsine l'a saisie. En 1987, en claquant la porte du Politburo. En 1991, en faisant face aux chars, lors du putsch raté des communistes orthodoxes. Gorbatchev, lui, n'a jamais cessé de laisser passer les trains.

— De tous les personnages que j'ai rencontrés pendant ma présidence, Gorbatchev fut pourtant le plus marquant.

— Je n'imagine pas Ivan le Terrible ou Catherine II avec une poignée de main aussi flasque. Pas davantage Kerenski. »

C'est Joseph de Maistre qui disait : « Grattez le Russe, vous trouverez le Tartare. » Eltsine est tartare. Pas Gorbatchev. C'est un Européen.

La Russie éternelle a besoin d'être chevauchée. Elle aime « obéir », comme disait Honoré de Balzac, « obéir quand même, obéir au péril de sa vie, obéir alors même que l'obéissance est absurde et froisse l'instinct ». Or c'est Gorbatchev qui voulait lui obéir... Au sommet de son pouvoir, Gorbatchev inspirait encore une espèce de compassion. Il eût été, par temps de paix, un grand archiduc du Luxembourg. Mais il n'était pas fait pour les tempêtes ni pour les révolutions. C'est écrit sur lui. Son visage s'est affaissé de toutes parts, ce que la poudre de maquillage, qu'il aime tant garder après les émissions de télévision, ne parvient pas à masquer, pas plus que les coups de menton qu'il donne, pour la forme, contre ses ennemis de l'heure.

Le Président aimait en lui le réformiste qui cherchait à changer le communisme de l'intérieur. Il m'avait dit de Gorbatchev, en 1989 : « C'est un homme qui se rattache à la tradition de Lénine en sautant par-dessus les autres. Mais ce n'est qu'une filiation sentimentale et rien d'autre. Il ne croit qu'à quatre ou cinq thèses de Marx. Pas plus. Sinon, il ne voit que les défauts et les ratages du système soviétique. »

François Mitterrand aurait voulu qu'il imposât sa vision d'une troisième voie entre le communisme et le capitalisme. C'eût été la légitimation de son combat pour le socialisme.

*

« Vous croyez qu'on peut faire de grandes choses quand on a la main molle ? demandai-je au Président.

— Il n'a pas la main molle. Moite, peut-être.

— C'est toute la différence avec Eltsine. Quand il entre dans une pièce, lui, c'est toute la Russie qui arrive, massive, à cause de l'abus de pommes de terre, rouge de vodka, et avec une haleine de soupe au chou à faire tomber tout le monde à la renverse. »

Les grands hommes se confondent avec leur peuple. Quand de Gaulle ouvrait la bouche, c'était la France qui parlait avec sa gouaille coquериquante. Il ne le faisait pas exprès. Il était la France, comme l'avaient été avant lui Vercingétorix, Hugues Capet, Jeanne d'Arc ou Henri IV. Ce ne sont pas les personnages historiques qui dirigent les nations. Ce sont elles, au contraire, qui les mènent. Elles sont en eux, elles vivent en eux.

Même quand ils s'imaginent comme empire ou comme race, les pays ne sont jamais que des personnes. Parfois, ils trouvent leur double. Dans le cas contraire, l'histoire suit son cours, celui du chien crevé au fil de l'eau. C'est ce qui arriva à la Russie avec Gorbatchev. Il se contenta de courir derrière, avec le succès que l'on sait.

« L'histoire broie ceux qui ne savent pas la suivre », disait Gorbatchev. Mais c'est justement pour l'avoir suivie qu'il fut broyé. Comme le disait Tocqueville à propos de l'Ancien Régime, il a soulevé le peuple en voulant le soulager. C'est ce qui tua Louis XVI. Il fut toujours en retard d'une réforme.

« Il lui aurait fallu la force d'âme de Luther, dis-je. Il n'avait même pas celle de Jean XXIII. »

Le Président sourit, le regard fixé sur le plateau. J'avais englouti les canapés au foie gras en moins de temps qu'il ne faut pour l'écrire. Il n'en fit pas servir d'autres, parce qu'il était absorbé dans ses pensées ou parce que mes propos l'avaient offusqué. Malgré cela, je repris : « Allez, reconnaissez-le, c'était un poids léger, Gorbatchev.

— Il a commis une erreur d'appréciation. Il croyait qu'une révolution, ça peut s'arrêter. Eh bien, non, ça ne s'arrête pas.

— Vous voyez, vous y venez...

— Je lui en ai souvent parlé. Quand je l'ai rencontré à Kiev, en 1989. Je lui ai conseillé d'accélérer la décentralisation et la réforme institutionnelle. Il n'était pas pressé. Il ne voulait pas changer au-delà d'une certaine limite, qui était l'unité de l'Union soviétique. Il craignait la dislocation de l'Empire qui est finalement survenue. »

Gorbatchev avait tout fait pour que le système explose. Et quand l'Union soviétique éclata, c'est tout juste si on ne l'entendit pas dire, comme jadis un roi de France : « Je fais assez ce que tout le monde désire pour qu'on fasse une fois ce que je veux. »

« Il a peut-être commis toutes les bêtises que vous voulez, dit le Président. Mais il a fait la révolution sans que le sang coule.

— À quelques gouttes près.

— C'est vrai, mais ça reste quand même un miracle.

— Un mystère n'est pas forcément un miracle. »

Je l'énervais. Je jetai mon dévolu sur Baltique que je caressai en silence.

Une caresse, fût-ce à un chien, met toujours du bonheur dans l'air. Le Président le respira, se leva pour aller là où le roi lui-même se rendait à pied, avec cependant moins de majesté.

CHAPITRE VII

Retour des toilettes, le Président s'attaqua à une grappe de raisin et, la bouche pleine, se mit à me complimenter sur mes articles. Je connaissais ses méthodes d'embobineur. Jusqu'à présent, je n'étais jamais tombé dans le panneau et je crois bien que j'avais passé l'âge. Pour lui faire comprendre qu'il perdait son temps, je tentai de changer de sujet de conversation, mais il ne voulut pas entendre. Quand il était lancé, rien ne l'arrêtait plus.

Alors que la vie s'en allait, le laissant seul dans son enveloppe de peau blafarde, le Président continuait ainsi à tirer les mêmes ficelles. Ce n'était pas l'habitude qui le faisait me complimenter. C'était l'angoisse. Mais je ne lui servais plus à rien. Il ne pouvait plus se servir de personne. La carcasse ne suivait pas. Tandis qu'il me louait pour me séduire, un mélange de tristesse et de lassitude se lisait dans ses yeux. Il avait toujours regardé le monde de haut. Cette fois, à ce stade de mélancolie, l'altitude n'était plus mesurable. S'il ne m'avait pas rabaissé par ses éloges, je n'aurais pas résisté à l'élan qui m'entraînait vers lui.

« Et si l'on mangeait ? » dit le Président en se levant, les lèvres barbouillées de jus de raisin.

Nous retrouvâmes Danielle. Après son opération du cœur, elle avait le visage marqué, comme gagné par l'abandon. Elle était allongée sur une chaise longue dans le salon, les pieds garrottés dans des bandages.

« Une phlébite, dit-elle avec la consternation des grands malades.

— Elle va s'en tirer, murmura le Président. Mais elle m'a fait drôlement peur. »

Des deux, c'était pourtant lui qui faisait le plus peur à voir. L'approche de la mort fait toujours fuir les yeux au fond des orbites. Le masque mortuaire affleurait déjà. Rien de semblable sur le visage de sa femme.

Il le savait. Pour le faire oublier, il riait souvent, en se forçant, sans joie, presque tristement.

Lorsque nous eûmes pris place à table, le Président dit, comme pour s'excuser : « Un ami m'a rapporté des homards d'Espagne. Il y en a beaucoup et il faudra leur faire un sort. J'espère que vous aimez ça, le homard ? »

Je ne pus répondre, car il prononça, sans transition, un éloge d'Henri Emmanuelli, le nouveau premier secrétaire du PS (« Il se débrouille bien, non ? »), avant de s'en prendre à Michel

Rocard qui, après son échec aux élections européennes, s'était reconverti dans le deltaplane.

« Vous ne l'aimez vraiment pas, celui-là, ronchonnai-je.

— Ah, c'est vrai, vous êtes amis. »

Il y avait de la raillerie dans sa voix, comme un bruit de scie électrique.

« Mais voyons, je ne l'ai jamais haï, ce pauvre Rocard. C'est un brave garçon. Je pense simplement qu'il n'était pas qualifié. Il était tout juste bon pour un secrétariat d'État aux PTT ou quelque chose de ce genre. Rien de plus. Est-ce que les événements ne m'ont pas donné raison ? »

Il chercha dans mes yeux une approbation qu'il ne trouva pas, puis : « Les gens se font souvent des illusions sur leurs capacités. C'est comme si La Fontaine avait essayé de devenir Eschyle. Il y a des écrivains qui se trompent de genre. Eh bien, ça arrive aussi aux hommes politiques. »

Il devenait soudain bête et méchant.

*

Peut-être reprochait-il à Michel Rocard son incapacité à lui résister. Je me souviens qu'il m'avait dit, quelques mois plus tôt : « Mais comment pourrais-je détester quelqu'un qui n'a jamais su me tenir tête qu'un moment ? Deux-trois jours une première fois, en 1981, quarante-cinq minutes l'autre fois en 1988, quand un petit déjeuner avait suffi pour qu'il retire sa candidature à l'élection présidentielle. Je n'ai vraiment aucune raison de lui en vouloir. »

Pour la première fois de la journée, le Président se laissa aller à un sourire de bonheur. Ce n'était pas à cause de la joie de midi qui montait de la terre en chaleur. C'était à cause de Michel Rocard.

« Ça lui va assez bien, le deltaplane, dit-il. Il paraît qu'il a sa licence. Il va peut-être accomplir une grande carrière dans le ciel. »

Plus sa cruauté se débridait, plus son visage vieillissait.

Je me mis à boire du vin blanc pour la faire passer. J'ai toujours une bonne raison de boire. Parfois, c'est parce que je m'ennuie. Ou parce que je mange bien. Ou encore parce que je crains de devenir désagréable. En l'espèce, j'utilisais le dernier prétexte pour me donner bonne conscience. Mais il était fallacieux.

Je buvais parce qu'il faisait bon. C'était une raison qui se suffisait à elle-même.

Mes deux verres bus d'affilée, une petite joie légère commença à me griser. L'alcool m'a toujours rendu doux comme l'agneau qui vient de naître. À partir de certaines doses, je ne puis m'empêcher de bêler d'admiration, de soumission ou, tout simplement, de gentillesse. Mais je n'en étais pas encore là. Pas tout à fait.

L'effet du vin devait se lire dans mon regard, car le Président se mit à me traiter en complice.

Je me souviens de l'ironie dans sa voix et dans ses yeux, quand il remarqua : « Il se débrouille bien, Balladur.

— Vous trouvez ?

— Il est trop parfait, cet homme. Tellement parfait qu'il en devient assommant. Il faudrait lui découvrir des vices secrets.

— Oh, ça commence, dit Anne Lauvergeon. Il y en a qui commencent à ragoter.

— Ah oui ? » murmura le Président qui laissa un silence s'installer, comme s'il attendait la suite.

Elle piqua le nez dans son assiette de homard. Mais il avait l'eau à la bouche. Il revint à la charge, la voix frémissante : « C'est quoi, ce qu'on raconte ?

— Rien. Des bêtises, comme d'habitude. »

Je gênais. Pour sortir du malaise qui paralysait la conversation, je laissai tomber une banalité : « En tout cas, c'est un politique, celui-là.

— Seulement, il n'a pas la carapace très solide, dit le Président. Il supporte mal les attaques. Et, s'il est élu, je suis sûr qu'il aura des problèmes au bout d'un an. Les gens n'en pourront plus d'ennui. Ils sortiront dans la rue avec des fourches, vous verrez. »

*

Il n'y a pas si longtemps, le Président avait dit du Premier ministre : « J'ai rarement vu des types pires que moi, mais à ce point, jamais. Finalement, je n'aurai pas vécu ces dernières années pour rien. J'aurai eu la chance de rencontrer quelqu'un d'horrible, avec des airs de sainte-nitouche, qui m'a permis de penser que je n'étais pas si mal et même assez sincère, relativement parlant. Si on lui perçait la peau avec un couteau, on verrait qu'il n'y a que du venin dessous. Il trahira tout le monde comme il a trahi Chirac. Il ne le fait pas exprès, vous savez. C'est plus fort que lui. Il a la trahison en lui. »

Ce jour-là, lorsque je lui demandai d'où lui venait cette exécration, le Président joua l'étonnement : « Je ne le déteste pas, Balladur. C'est un homme tout à fait capable, mais je le vois tel qu'il est, sans plus. » Puis, dans un sourire : « Chaque fois que je prends mes médicaments, je me demande si on n'est pas en train de m'empoisonner. J'en suis arrivé là. »

Il avait ri, comme la fois où il m'avait rapporté une conversation récente avec le Premier ministre. « Je lui ai dit : " L'agitation politique actuelle me rappelle beaucoup 1815, quand le duc d'Orléans et Louis XVIII se disputaient le pouvoir. — Qui sera Louis XVIII ? m'a demandé Balladur. — Ce sera vous ", ai-je répondu. C'était une vacherie, mais il ne l'a pas vue. Il s'est rengorgé. »

Quelques semaines plus tard, le Président avait dit ensuite en rigolant à moitié, avec la rage d'un personnage de Mauriac, celle du

« sagouin » du *Nœud de vipères* : « Vous avez vu ces affaires ? Tout le monde va sauter. Il ne restera bientôt plus que moi. D'ailleurs, même sur ma chaise roulante, je resterai là, seul, rien que pour les embêter. Comment s'appelait ce président américain qui était tout le temps assis sur une chaise roulante avec une couverture à carreaux sur les jambes ? Eh bien, moi, je serai comme Roosevelt, et je regarderai tout le monde tomber autour de moi.

« Édouard Balladur se trouve devant un dilemme. Il se rend compte que plusieurs de ses ministres ont trempé dans des affaires et il lui est difficile de s'en débarrasser. Avant, au Conseil des ministres, il me provoquait tout le temps du regard et je lisais dans ses yeux des choses comme : " Pauvre vieux, vas-y, crève et qu'on n'en parle plus. " Maintenant il doit lire dans mes yeux que c'est moi qui peux le faire crever parce qu'il détourne sans arrêt le regard. »

Je ne crois pas qu'il pensait autant de mal d'Édouard Balladur qu'il en disait. Mais il avait besoin de cette haine pour résister au cancer. Elle le maintenait sur terre. Elle le faisait vivre.

*

Je continuais de boire et de me métamorphoser en mouton, sans bêler encore. Tout à ma béatitude, j'avais de plus en plus de mal à suivre le fil de la conversation qui allait trop vite pour moi.

Je planais au-dessus de moi-même et j'étais bien décidé à ne pas en descendre. Sinon, je n'aurais pas retrouvé la porte, fût-elle cochère. Je me contentais donc d'écouter, à défaut d'entendre. Sans oublier de sourire. Il faut toujours sourire quand on est en position de faiblesse, surtout avec un prédateur, bien que finissant.

Le plus périlleux, si l'on est dans cet état-là, c'est quand il faut répondre à une question. On devient rapidement pitoyable. Pour échapper à ce danger, je concentrais donc sur mon homard les derniers vestiges de mon attention, anéantie sous les coups conjugués de la tiédeur de l'air, de l'alcool et du bonheur. Le homard avait la fraîcheur iodée et crémeuse des crustacés qu'on vient d'arracher à la vie. J'aurais juré qu'il tremblait encore. Édouard Balladur ne se portait pas mieux, si j'avais bien compris.

Dans son assiette, Danielle Mitterrand n'avait qu'une tranche de viande grillée. Devinant ma perplexité, elle prit les devants : « J'ai décidé de vous laisser les homards. Ils étaient vivants, vous comprenez. Je ne peux pas en manger quand je les ai vus vivants. C'est plus fort que moi. »

Je l'approuvai d'un mouvement de menton.

« C'est insupportable, de voir un homard vivant qui se débat dans l'eau qui bout. »

Son mari hocha la tête, non sans une certaine condescendance.

Je n'osai répondre à Danielle Mitterrand ce que lui avait dit Pierre Elliott Trudeau, alors Premier ministre du Canada, après qu'elle se fut indignée à juste titre du sort réservé aux bébés phoques, écorchés plus ou moins vifs dans le Grand Nord pour leurs peaux : « Moi, je plains les oies que vous gavez, vous autres, les Français. »

Je n'osai lui répondre non plus qu'en regardant son morceau de viande j'entendais, de mon côté, le meuglement du bœuf qu'on assomme à l'abattoir. Pas davantage n'osai-je lui répondre qu'à la simple vue de tranches de saucisson, comme celles qui m'avaient été présentées avant le déjeuner et que j'avais refusées, mes oreilles résonnaient du cri du cochon que l'on saigne.

Pythagore ne mangeait pas de viande. Plutarque ne comprenait pas que l'on servît des « corps morts » à table. Tous deux croyaient aussi entendre mugir les chairs embrochées. Quant à Empédocle, il pensait que nos âmes sont attachées à des corps mortels en punition de leurs crimes, parce qu'elles ont consommé de la chair.

J'avais enfin un sujet de conversation à ma mesure. La passion chassa la torpeur qui m'avait envahi.

M'enhardissant, je me tournai vers Danielle

Mitterrand et dis : « Je vous comprends fort bien. Je suis végétarien.

— Vous avez raison », murmura-t-elle en baissant les yeux sur son assiette.

Quoique je ne crache pas sur une bonne volaille, encore moins sur son foie gras, il n'aurait pas fallu grand-chose pour que je fasse mien le cri du cœur de Plutarque : « Quel courage d'homme eut le premier qui approcha de sa bouche une chair meurtrie, qui brisa de sa dent les os d'une bête expirée, qui fit servir devant lui des cadavres [...] qui, le moment d'auparavant, bêlaient, mugissaient, marchaient et voyaient ? Comment sa main put-elle enfoncer un fer dans le cœur d'un être sensible ? Comment ses yeux purent-ils supporter l'aspect des chairs pantelantes ? »

N'ayant qu'un souvenir lointain de cette profession de foi végétarienne de Plutarque, je m'abstins de la citer et commençai à évoquer la théorie de Rousseau qui observe que l'homme n'est pas un carnivore car, contrairement à cette catégorie, il a un côlon et des dents plates, deux caractéristiques des frugivores. Je sentis tout de suite que je n'accrochais pas. La bouche remplie de homard, le Président émit un sourire qui signifiait : « En attendant, nous sommes des homardivores. »

« Et dire, souffla-t-il, que nous sommes peut-être en train de manger, vous ou moi, le roi des homards, une bête qui venait de prendre le contrôle de son espèce et dont nous brisons net la carrière. »

En fait, il aimait trop les plats canailles pour apprécier mes propos. Jamais je ne l'avais vu douter ou rêvasser devant une assiette pleine. Au contraire, il plongeait tout de suite dedans, sans grâce, avec ses dents, ou ses doigts, et ne l'abandonnait qu'une fois retrouvée la blancheur de la porcelaine. Apparemment, il était du genre à croire, comme Cicéron, qu'il valait mieux mourir d'indigestion que de faim. Je préférai donc laisser la conversation changer de cours. Elle passa à toute allure sur plusieurs personnages qu'elle n'écrasa pas tous.

Chaque fois, comme tout au long de cette journée où il semblait enfin libéré, le Président émettait un jugement qui n'était pas de Salomon.

Jacques Chirac : « Il est sympathique et courageux. Humainement, c'est peut-être le mieux de tous. Mais il y a quelque chose d'irrationnel en lui. C'est pour ça qu'il inquiète les Français. »

Édouard Balladur : « Un personnage de Molière. C'est Tartuffe sous des airs de Bourgeois gentilhomme. »

Raymond Barre : « Ce n'est pas n'importe qui, celui-là. C'est un républicain. Il aurait les épaules pour gouverner ce pays. Mais je ne suis pas sûr que ses jambes le mènent au sommet. Quel gâchis ! »

Jacques Delors : « Il ne veut pas être élu, il veut être nommé. Il rêve d'hommage sans bataille, comme si tout lui était dû. C'est pour ça qu'il ne supporte pas la critique. »

Lionel Jospin : « Quel coincé ! Pour un psychorigide, il arrive quand même à se débrouiller. Il m'en veut, mais je l'aime bien. »

Laurent Fabius : « Une merveilleuse mécanique. Il a tout. Mais il a un problème de caractère. Je ne comprends pas que cette affreuse affaire du sang contaminé l'ait entamé à ce point. Il devrait être candidat pour laver l'affront. Je le lui ai dit. Il ne veut pas m'entendre. »

Pierre Mauroy : « C'est un roc. Le monument du socialisme. Il serait le meilleur candidat pour la gauche. Lui croit le contraire. »

Charles Pasqua : « Il gagne à être connu. Il est dommage qu'il ait toujours un couteau sur lui. »

Je me souvenais de ce qu'il avait dit de Charles Pasqua un jour : « C'est un type très solide, beaucoup moins déstabilisable que les autres. Quand il ment, il vous regarde bien droit dans les yeux et c'est vous qui tremblez à l'intérieur en sachant qu'il vous a menti. » Il avait dit cela avec admiration, comme s'il parlait d'un autre lui-même.

Tandis que le maître d'hôtel nous servait la tarte Tatin, le Président prit l'air absorbé, comme toujours à la fin des repas, et se concentra sur ses dents qu'il suça, gratta ou creusa, dans un bruit de chantier public.

C'était un rite, ce curetage dentaire. Le dessert terminé, il passait beaucoup de temps à nettoyer ses molaires du fond. Il ne négligeait pas pour autant les canines, si rabotées qu'elles fussent.

Il faisait peine à voir, avec l'index dans la bouche pour cet exercice. Mais il n'avait pas perdu son sens de l'humour. Il hocha la tête avec un air pénétré avant de laisser tomber : « C'est un métier. »

CHAPITRE VIII

Alors que nous prenions le café sur les chaises longues, à l'ombre du grand arbre du jardin, Baltique se mit à faire la cour à Anne Lauvergeon. Apparemment, la chienne présidentielle était très éprise et ne cessait de lécher la secrétaire générale adjointe de l'Élysée, qui en était gênée. Elle s'était repliée sur elle, avec l'air inquiet, et cependant nuancé de cette ironie qui vient aux femmes devant un soupirant trop pressant.

Il est vrai que Baltique ne se contentait pas de soupirer. Plus le temps passait, plus elle s'enhardissait. Elle avait commencé par frotter son museau le long de la jambe de la jeune femme. Après quoi, elle avait humé sa main avant de chercher quelque chose, sans doute une odeur, sous son aisselle qu'elle ne lui avait cependant pas offerte. Elle s'était alors mise à lui lécher le cou, les oreilles, les épaules et le menton que l'autre se résignait à lui laisser, sans doute en guise de compensation pour sa bouche qu'elle était décidée à lui refuser. Mais la chienne était du genre à passer outre.

« Baltique, disait Mitterrand, riant. Allez, calme-toi, Baltique. »

Les chiens m'aiment. Souvent, avec fougue. Il leur arrive de s'oublier sur mon tibia sans que je m'en offusque trop. Mon degré d'agacement dépend alors de l'état de mon pantalon. Mais jusqu'à présent, je n'avais jamais fait l'objet, de la part de la gent canine, d'ardeurs comme celles qu'avait déclenchées Anne Lauvergeon, chez une chienne de surcroît.

Avec moi, les chiens bâclent toujours les préliminaires. Ils parent au plus pressé. Il fallait être une femme comme elle, fière et puritaine, pour provoquer pareils transports.

Le Président n'en pouvait plus de rire. « Vous lui plaisez, dit-il en se tordant. J'espère que l'inverse est vrai. »

Anne Lauvergeon aurait peut-être été mise en difficulté si elle n'avait eu la présence d'esprit de donner à Baltique un morceau de quatre-quarts pour faire diversion. La chienne l'avala d'un trait et ne pensa plus qu'à en obtenir un autre.

Les chiens sont comme tout le monde : un plaisir chasse l'autre et le péché de chair fraîche cache souvent le péché de bonne chère. Baltique aboya. Elle avait oublié sa libido. Elle voulait encore du gâteau. Anne Lauvergeon lui servit une nouvelle part qu'elle emporta en balayant de sa queue la tiédeur de l'air.

« Ne lui en donnez pas trop, dit le Président. Elle a des problèmes d'embonpoint. »

Je me laissai aller. Le bonheur n'était pas loin. La douceur du jour m'y conduisait tout droit. François Mitterrand était, lui aussi, dans un état proche de la félicité. Il s'y abandonna un moment, les yeux fermés et la bouche ouverte.

Je gâchai sa sérénité quand je lui dis : « Je n'ai jamais compris pourquoi, depuis la Libération, vous n'avez cessé de combattre avec autant de mauvaise foi le général de Gaulle. »

Le Président roula sur moi des yeux que la surprise grossissait : « Je n'ai pas marché dans son entreprise de pouvoir.

— Ça n'était que ça, le gaullisme : une entreprise de pouvoir ?

— Non, bien sûr. Le gaullisme avait un aspect authentiquement patriotique. Mais il avait aussi la volonté de tout contrôler, de tout dominer, de tout mettre en coupe réglée. Vous savez, mon conflit avec le Général a commencé dès notre première rencontre, le 2 décembre 1943, à Alger. »

Lorsque je lui demandai si leur conflit n'était pas une nouvelle incarnation de la bataille à laquelle s'étaient livrées partout en Europe, pendant et après la guerre, les Résistances extérieure et intérieure à l'occupant nazi, je compris que j'avais regagné le terrain perdu. Le Président se rengorgea : « C'est exactement ça. Si l'on veut faire une comparaison grossière : en

Yougoslavie, c'est Tito, le résistant intérieur, qui a eu raison de la Résistance extérieure. Après la guerre, la Résistance intérieure a donc pris le pouvoir à Belgrade. En France, c'est le contraire qui s'est produit : à la Libération, la Résistance extérieure a complètement étouffé la Résistance intérieure.

— Parce que la Résistance intérieure n'avait pas de Tito à opposer à de Gaulle.

— Elle n'avait pas un, mais plusieurs Tito. C'est ce qui l'a perdue.

— Et l'antagonisme entre les deux Résistances n'a jamais cessé depuis. C'est l'une des grilles de lecture qui permet de comprendre la politique française de la Libération à aujourd'hui.

— Tout à fait. Nous autres, résistants intérieurs, nous ne pouvions nous entendre avec les résistants extérieurs, les gaullistes qui nous regardaient avec suspicion.

— Vous ne regrettez jamais de n'avoir pas été gaulliste ?

— Quand je suis arrivé en Angleterre, en 1943, on m'a dit : " Vous aurez le titre de capitaine, vous vous appellerez Monnier, vous aurez droit à une solde, mais il faut d'abord que vous signiez votre engagement dans les Forces françaises libres. " J'ai répondu : " Moi, signer un papier ? Jamais ! " J'ai quand même été inscrit, je suis devenu capitaine Monnier, mais je suis l'une des deux personnes — je ne sais pas quelle est l'autre — qui ont toujours refusé de toucher la solde des FFL. Mes intérêts se sont accumulés, depuis le temps : on me l'a rappelé, il y a quelques années. J'aurais droit à un joli pécule, maintenant.

— Pourquoi vous être braqué comme ça ?

— Je ne voulais pas qu'on m'embarque dans une aventure, et n'acceptais de faire allégeance à personne.

— Vous êtes donc devenu antigaulliste parce que les gaullistes ont voulu vous mettre la main dessus. C'était la seule raison ?

— De Gaulle avait une stratégie d'élimination de tout ce qui aurait pu l'empêcher d'être maître de la France. Par exemple, tous les chefs de la Résistance qu'il appelait à Alger ne revenaient plus. Ils étaient nommés membres de comités Théodule ou Dieu sait quoi. On ne les revoyait plus.

— De Gaulle ne vous a pas empêché de rentrer en France.

— Moi j'étais un petit chef à côté des autres. J'ai pourtant eu toutes les peines du monde à rentrer. Il est vrai que ma rencontre avec le Général s'était mal passée. Il voulait me mettre le grappin dessus, vous comprenez. Quand je suis allé le voir dans sa villa " Les Glycines ", il m'a reçu très aimablement. C'était quelqu'un de courtois, de Gaulle. Il m'a dit : " Voilà, j'ai prévu tout un plan d'aide aux prisonniers de guerre avec des financements et des parachutages d'armements, mais il faudra au préalable que leurs mouvements s'organisent. Il y en a trois. Ça fait deux de trop. Je veux vous unifier. " Je lui ai répondu que j'étais d'accord sur la nécessité de coordonner l'action des prisonniers de guerre. Il a repris : " Votre réseau, celui des communistes et celui de M. Charette doivent se fondre dans une même organisation. — Ah oui, ai-je dit, Charette, votre neveu. " C'était le fils de sa sœur. Quelqu'un que je n'aimais pas et qui me le rendait bien. Il n'a cessé de me poursuivre, depuis lors, de sa vindicte. " La fusion faite, poursuivit de Gaulle, les prisonniers de guerre devront passer sous les ordres de M. Charette. — C'est impossible ", ai-je protesté. Lui : " Pourquoi ça ? " Moi : " Ils ne passeront certainement pas sous ses ordres parce que nous ne nous mettrons pas sous la coupe de gens qui ne sont pas qualifiés, et dont l'autorité n'est pas reconnue. " De retour à Paris, j'ai fait la fusion. À mon avantage. Dans la nouvelle organisation, mon mouvement avait droit à une représentation de cinquante pour cent dans les instances dirigeantes. Les autres se partageaient le reste.

— Ça n'a pas dû arranger vos relations.

— Non. Mais je ne l'ai jamais haï, de Gaulle. Ne vous méprenez pas. Je ne suis pas un maniaque. Il m'est arrivé, dans la vie, de penser à autre chose qu'à lui.

— Il paraît que vous l'avez empêché de tomber de la fenêtre de l'Hôtel de Ville à la libération de Paris ?

— Oh ! C'est une petite histoire qui pour une fois est vraie. Je l'ai retenu par la jambe dans la bousculade, quand il a voulu saluer la foule, debout sur l'appui de la fenêtre du salon où nous étions. Lorsqu'il s'est montré, la foule criait : "Vive Leclerc ! " Je crois me souvenir qu'il n'était pas très satisfait. Je l'ai revu le lendemain au ministère de la Défense, pour la première réunion du gouvernement. Je portais des baskets. C'est tout ce que j'avais.

— Après ça, vous ne l'avez plus revu ?

— Si, juste avant qu'il ne reprenne le pouvoir, en 1958. Il avait réuni les chefs de partis, grands et petits, à l'hôtel Lapérouse. J'ai tenu un discours qu'il n'a pas dû aimer, contre son coup d'État. Ensuite, nos chemins ne se sont plus croisés. »

En vérité, ils ne se sont plus quittés, face à face pour l'histoire.

*

Vercingétorix s'est retrouvé face aux Romains. Jeanne d'Arc, face aux Anglais. De Gaulle, face aux nazis. Mitterrand, face à personne. Ce fut tout son problème.

« Il y avait de l'amour-haine dans votre relation.

— Ni l'un ni l'autre. Notre querelle s'est pérennisée quand je suis devenu son lointain successeur. Mais je ne l'ai jamais entretenue.

— Allons... On est toujours sûr de vous irriter quand on prononce son nom devant vous.

— Ce qui m'irrite, ce n'est pas sa personne, c'est la fausse dévotion qu'on entretient autour de lui. Je ne proteste pas contre de Gaulle, mais contre un faux dieu.

— Quand on est président de la République, ce doit quand même être dur de passer après lui : des années plus tard, son ombre reste pesante. Je suis sûr qu'elle vous insupporte.

— Je vis très bien avec. »

*

C'était faux. Il voulait effacer la trace ou la tache. Elle était indélébile. Alors, il enrageait. Je me souviens qu'il m'avait dit, quelques années plus tôt : « De Gaulle, je n'y pense jamais. Mais je rencontre de temps en temps son image. Souvent du bon côté. C'était surtout un stratège. Pas un homme politique aux grandes visions. Si l'on excepte la force de frappe — mais c'était son métier, après tout —, il n'a pas perçu l'importance de l'Europe, des grands problèmes du tiers monde ou de la recherche scientifique. C'est vrai qu'il a compris tardivement la nécessité d'en finir avec le colonialisme, il en a cependant fait durer excessivement la flamme. Chaque fois qu'il a changé de pied, il en a fait une théorie. Il s'est ainsi approprié une succession d'événements qu'il n'avait pas souhaités. »

De Gaulle a tant marqué son siècle qu'il a laissé derrière lui des nuages de poussière et les échos de sa voix hennissante résonnent encore entre nos murs des années après. Ces gens-là ne meurent jamais.

Souvent, les hommes d'État qui croient occuper la scène sont morts depuis longtemps. Le Général, lui, a survécu à lui-même. Son message nous parvient toujours de l'autre monde. Il bourdonne dans nos têtes.

De Gaulle n'avait pas peur de mourir, puisqu'il savait qu'il ne mourrait qu'après sa mort, longtemps après sa mort. C'est pourquoi les tentatives d'attentat contre sa personne l'amusaient plus qu'elles ne l'effrayaient.

Un an avant sa mort, il avait dit à André Malraux : « Vous savez que le courage consiste toujours à ne pas tenir compte du danger. Il faut mourir assassiné ou foudroyé. »

Mitterrand, lui, avait peur de mourir, car il n'était pas la France, mais un Français comme les autres. Parce qu'il n'avait jamais habité loin du monde, il avait peur de tomber par terre. Il redoutait le vide qui nous attend tous. Il était comme moi, comme nous. Il n'était pas un héros.

Dès qu'il en avait l'occasion, il rabaissait donc de Gaulle. Il ne le faisait pas exprès. La postérité n'est qu'un palmarès. À l'usage des livres scolaires. Il le savait bien, mais s'en inquiétait. Et il ne supportait pas la pensée d'avoir le destin de

Louis le Débonnaire après Charlemagne, quand l'histoire dégringole, sans un cri, dans l'ennui.

Rien ne permettait de dire qu'il avait été au niveau. Il était en dessous, forcément. C'est pourquoi le Président s'assombrissait quand il parlait du Général. Sur son visage, la tristesse gagnait. Elle donnait son timbre à sa voix, qui exprimait alors une grande lassitude.

« Sur son attitude en Algérie, on n'a raconté que des bêtises, reprit-il ; n'oubliez pas qu'il a fait bombarder Sétif après l'insurrection de 1945 : ça a fait quarante-cinq mille morts. C'est quand même plus grave que d'avoir dit, comme on me l'a tant reproché : " L'Algérie, c'est la France. "

— Vous pensez qu'en Algérie, de Gaulle a été mené par les événements plus qu'il ne les a conduits ?

— Il a joué avec eux. Il a été très malin, très cynique. Si j'avais fait le dixième de ça, que n'aurait-on pas dit ? Mais chaque fois que l'on parle de sa politique pour le tiers monde, on n'évoque jamais cet aspect-là. On glose sur le discours de Phnom Penh. Même Jacques Vergès. »

Il soupira, découragé : « De Gaulle était très rétrograde, en fait.

— Pas sur le plan social.

— Y compris sur le plan social. »

Un regard mourant, puis : « Qu'est-ce qui vous arrive ? »

Il soupira à nouveau, avec force, pour manifester son accablement devant mon ignorance ou ma mauvaise foi.

« En 1958, dit-il, de Gaulle s'est fait pardonner sa rébellion de 1940 en se soumettant totalement aux volontés de la bourgeoisie dirigeante.

— En fondant la Ve République, il a quand même donné un nouveau souffle à la France.

— Son gouvernement n'a été qu'une succession de tragédies. Il a dû dissoudre l'Assemblée nationale après avoir provoqué une partie de ses meilleurs soutiens sur la question européenne. Puis il a réquisitionné les mineurs avant de revenir sur sa décision. Il a bien fait, d'ailleurs. Et ça montre qu'il était capable d'une extrême souplesse. Il s'est encore illustré en 1967, quand il a laissé divulguer qu'il allait dévaluer, avant de changer subitement d'avis. Pour ne pas vous choquer, je ne m'attarderai pas sur la balade à Baden-Baden en 1968, lorsque tout foutait le camp, mais vous conviendrez que ça n'était pas triste.

— Vous avez le sentiment qu'on lui passe plus de choses qu'aux autres et à vous-même en particulier ?

— Pour ce qui me concerne, c'est normal qu'on ne me passe rien. Je suis actuel. C'est la seule raison. Après, on verra... »

Un silence et le Président eut soudain un cri du cœur : « À propos de De Gaulle, on gomme l'histoire.

— Vous ne lui reconnaissez pas la grandeur ?

— Mais si. Il a bien eu deux ou trois pensées ; il a eu le génie du 18 juin 1940. Il a eu l'intuition de la Ve. Il a aussi eu du flair sur le plan nucléaire, avec la force de dissuasion.

— Ce n'est pas si mal.

— C'est vrai que ça n'est pas si mal. Je n'ai jamais dit le contraire. De Gaulle est un personnage considérable de l'histoire de France. Mais de là à considérer que l'on est hérétique dès lors que l'on formule une objection...

— Après l'avoir combattu, vous avez malgré tout chaussé les bottes du Général sur les institutions, la défense et la politique étrangère...

— Chaussé les bottes, façon de parler ! Je n'ai pas gouverné comme lui. Quand un tribunal ne me plaisait pas, je ne le révoquais pas. Je n'ai pas dit non plus, ce qu'il a fait un jour, que tous les pouvoirs procédaient du président de la République, y compris le pouvoir judiciaire. Sous ma présidence, la télévision et la radio sont devenues libres. Finalement, la démocratie le faisait souffrir. Moi aussi, mais je m'y suis habitué. »

Sur quoi il rit, d'un bon rire qui partit, au milieu des cris d'oiseau, dans la douceur du jour.

Cherchant d'une main Baltique pour la caresser ou se faire lécher, qui sait, il eut le regard de celui qui a trouvé le mot de la fin, puis laissa tomber : « On a eu des relations étranges. Toute sa vie, c'est moi qui l'ai poursuivi. Depuis qu'il est mort, c'est lui qui me poursuit... »

C'était normal. De Gaulle était encore parmi nous. Les réalistes passent avec leur cynisme, leurs ricanements et leurs maquignonnages électoraux. Les autres, comme le Général, durent à travers le pays qui fut leur conscience, bien qu'ils aient, parfois, troublé la digestion des bourgeois.

La nôtre n'était pas troublée, ce jour-là. Je crois que rien ni personne n'y serait parvenu. C'était à cause du ciel qui se mélangeait à nous.

CHAPITRE IX

C'était une mouche bien grasse avec des reflets bleus et des manières d'hélicoptère. Elle tournait autour de moi comme si j'étais un cadavre et venait de temps en temps me manger Dieu sait quoi sur les lèvres ou au bord des paupières. À peine avais-je levé la main pour la chasser qu'elle était déjà repartie.

J'ai toujours attiré les mouches et les moustiques. Ils me rendent les étés pénibles. Je me souviens d'avoir couru dans les forêts du nord de l'Ontario, au Canada, en traînant derrière moi des nuages de moustiques qui souvent me rattrapaient.

La mouche aimait aussi François Mitterrand. Comme il gardait la bouche ouverte, soit qu'il parlât, soit qu'il écoutât, j'avais peur qu'elle n'y pénétrât par mégarde lors d'une de ses incursions auprès des lèvres présidentielles.

C'était peut-être aussi une façon de communiquer, et même de s'embrasser, cette mouche qui allait sans arrêt de l'un à l'autre.

Le Président se tut un moment. Il aimait le silence. Il n'avait jamais aimé parler. Je ne suis pas très bavard non plus. Nous avions jadis passé de longs moments dans un compartiment de train ou à l'arrière d'une voiture, sans rien dire, chacun plongé dans sa rêverie. Au jeu de qui engage la conversation a perdu, j'avais trouvé plus fort que moi. Avec lui, je parlais toujours.

Aussi craquai-je.

« Quand vous entendez : " Il laissera le PS dans l'état où il l'a trouvé ", qu'est-ce que cela vous fait ?

— C'est une mauvaise plaisanterie. Un jour, les socialistes me regretteront, vous verrez. »

Quand je lui demandai si le socialisme pouvait revenir, il répondit, les yeux plissés par la concentration : « Le socialisme a traversé une crise à la suite de l'écroulement du monde communiste, qui a entraîné une ère de confusion. Subitement, les idées de tous les grands théoriciens du socialisme sont apparues fausses ou désuètes. Je crois cette condamnation erronée. Mais c'est comme ça.

— Il n'y a pas d'autres explications à la désaffection pour le PS ?

— Bien sur qu'il y en a. Dix ans de gouvernement, nous n'étions pas habitués. Nous n'avions pas d'équipes formées pour cela. Quelques-uns incriminent la désunion du Parti socialiste. Mais ce qui nous a le plus coûté, c'est l'accumulation de médiocres affaires qui mettaient en cause la moralité et l'honnêteté.

— Ce qu'on a appelé l'échec moral de la gauche.

— L'opposition de l'époque n'a pas fait de quartier, oubliant l'apologue de la paille et de la poutre. Si vous faites un calcul qui peut paraître dérisoire, vous constaterez que beaucoup plus d'élus de droite que de gauche ont été l'objet de procédures judiciaires. Cela n'excuse personne. Il reste que les socialistes incriminés n'auraient pas dû se mettre dans ce cas-là. Leur électorat est plus exigeant que d'autres. Il a été choqué par ce déficit moral. Il a eu raison. Il n'a pas tout à fait pardonné. »

Le Président chassa de son front la mouche qui fonça alors sur mon bras où elle se posa un quart de seconde, le temps d'y puiser son compte de sueur.

« Les socialistes reprendront un jour le pouvoir, reprit-il. Je ne serai sans doute pas là pour le voir, parce que je n'en ai plus pour très longtemps. Mais ça arrivera bien plus tôt que vous ne le croyez.

— Les communistes eux-mêmes reviennent, en Europe de l'Est.

— Vous avez vu ça, dit-il, l'air faussement étonné.

— Mais sous d'autres noms, et sous d'autres couleurs.

— C'est vrai, ce n'est pas la même chose et c'est mieux ainsi.

— Vous connaissez l'histoire : un ouvrier rentre chez lui, dans son appartement du vingt-troisième étage à Moscou, et allume l'électricité. À sa grande surprise, la lumière vient. “Tiens, dit-il, les communistes sont revenus. ”»

Sourire souffrant, juste pour la forme.

« C'est drôle, dit-il, mais ce n'est pas vrai : le communisme, ça n'est pas l'efficacité.

— Si les Soviétiques ne voulaient pas que les Occidentaux aillent traîner leurs guêtres dans le pays profond, ce n'était pas pour des raisons de sécurité. C'est parce qu'on aurait constaté à quel point c'était moche, le communisme au quotidien : des nids-de-poule sur les routes, des gens en haillons, du malheur dans les regards. On aurait cessé d'avoir peur.

— Tout pouvoir repose sur la peur. Plus ou moins.

— Mais la dictature plus que tout autre. Quelques mois avant la chute officielle du communisme, j'ai visité la base militaire de Cronstadt. C'était une poubelle. À l'entrée, la barrière était cassée et la guérite penchait dangereusement. La visite terminée, on ne pouvait plus croire aux fables sur la supériorité de l'Armée rouge. La Glasnost a eu raison du système : en supprimant la peur, Gorbatchev a supprimé le communisme. »

Il hocha la tête. Je ne saurais dire si c'était par lassitude ou en signe d'approbation. Les deux, peut-être, comme quand on donne raison à l'autre parce que la conversation vous ennuie. Je m'en voulais d'ennuyer un grand malade.

Quelques secondes passèrent puis le Président me fit cadeau d'une formule comme il les aimait : « Le communisme et le socialisme sont les branches d'un même tronc. Comme le christianisme et l'islam. »

*

Il y a quelques années, alors que je lui demandais s'il était fier d'avoir été le liquidateur du PC, François Mitterrand se crispa comme si je lui avais envoyé un postillon en pleine figure, avant de protester : « Je n'ai pas cherché à liquider le PC. J'ai cherché à faire mon chemin.

— Vous vous êtes servi du PC et puis vous l'avez jeté.

— Je n'ai pas fait la fine bouche devant l'union de la gauche. C'était une donnée. Je ne l'ai pas trahie.

— Mais vous en avez bien profité, de l'union de la gauche.

— C'est vrai. Quand j'ai pris le PS, en 1971, toutes les municipalités socialistes étaient soutenues, dans le département de la Nièvre, par les patrons locaux, briseurs de grève. L'union de la gauche nous a redonné une authenticité. Tout comme le programme commun. Ils ont permis aux socialistes de reconquérir la gauche.

— Au terme de tant d'années de pouvoir, vous croyez l'avoir gardée, la gauche ?

— Je suis resté fidèle à mes conceptions socialistes. Quand je suis arrivé au pouvoir, j'étais confronté au choix entre Lénine et la social-démocratie. J'ai tranché pour cette dernière en cherchant à l'accommoder aux besoins de la France. À partir de là, j'étais obligé de composer avec la société dominante. Aujourd'hui, je suis effrayé de voir que ce qui était pour moi un compromis est devenu aux yeux des autres une théorie.

— Ce n'est pas une théorie, la social-démocratie ?

— C'est une nécessité. La société dominante porte bien son nom. C'est elle qui domine. Que nous voulions l'écarter ou la contrôler ne change rien à l'affaire. Elle est là, immuable. Il faut donc faire avec. C'est très compliqué de réformer.

— La société dominante vous a supporté comme vous l'avez supportée.

— J'ai accepté qu'elle survive. Mais ça m'a coûté de voir que les choses n'allaient pas comme je voulais.

— Vous regrettez de n'avoir pas utilisé la manière forte ?

— Bien sur que non. Ce n'est pas une bonne médecine. Quand on emploie des méthodes d'autorité, on ruine la démocratie et on finit par résoudre les problèmes dans le sang. Sans abandonner les idées qui me sont chères, j'ai fait en sorte que la France soit plus rassemblée sous ma présidence que sous celle du général de Gaulle. Avant, les gens ne se parlaient pas. Avec moi, on a mis fin à la guerre civile froide. Eh bien, j'en suis fier. »

À l'époque, il m'avait dit cela, du haut de son bureau de l'Élysée, avec un air hautain, celui du fils de César posant pour l'histoire. L'approche de la mort l'avait, depuis, ramené sur terre. Il avait ravalé sa morgue impériale et il était, je crois, redevenu lui-même, c'est-à-dire ce que nous sommes tous : pas grand-chose.

Plus tard, quand je lui avais demandé comment il définissait le socialisme, il avait répliqué : « Quand cette question lui fut posée, Harold Wilson, alors Premier ministre de Grande-Bretagne, avait répondu : " C'est la science. " Pour ma part, j'hésite. Spontanément, j'ai envie d'affirmer : " C'est la justice. " Au sens propre du mot s'entend. Ou bien : " C'est la ville. " Autrement dit, une volonté de solidarité urbaine. Mais je pense que ce n'est pas une définition suffisante. Le socialisme, en tout cas, c'est la lutte pour la vie et pour le droit de ceux que la société écrase ou élimine.

— Donc, vous pensez que le socialisme a un avenir ?

— Il y aura toujours un avenir pour ceux qui pensent à l'avenir.

— Oui, mais rien ne dit que le socialisme, né au siècle dernier, soit éternel...

— Sans doute. Il reste que la compétition entre les classes installées et les classes montantes n'a pas disparu depuis le siècle dernier.

— C'est la définition même de la gauche que vous donnez là. Pas forcément du socialisme...

— Au XIXe siècle, quand on parlait de la résistance, il s'agissait des conservateurs. De l'autre côté, il y avait le mouvement. La réalité de la société industrielle a vite montré que le mouvement, la lutte pour la justice, pour le progrès, s'identifiait au socialisme.

— On vous verrait assez bien dire, comme Alain, le philosophe du radicalisme : " Rien n'est plus dangereux qu'une idée quand on n'a qu'une idée. " Ne vous sentez-vous pas plus radical que socialiste, finalement ?

— Mais non ! Je ne me sens pas radical. Je suis un socialiste qui déteste le sectarisme, et qui pense à tout moment qu'une idée doit être cent fois retournée dans la tête et, s'il le faut, réajustée. Et le socialisme suppose des structures ; sa politique ne peut être remplacée par une morale ou simplement par un idéal. C'est ce qui distingue surtout un socialiste d'un radical. Ce qui n'empêche pas que l'un et l'autre doivent se réunir dans le camp du mouvement. »

Il en était arrivé là, l'air faussement illuminé, quand j'avais cité cette maxime d'André Frossard : « L'intérêt d'être à gauche, c'est que l'on peut gouverner tranquillement à droite. » Il n'avait pas ri, ni même sourcillé. Je crois que je l'avais blessé.

*

Le Président s'enfonçait dans sa chaise. C'était sa façon de reculer devant la douleur. Elle devenait de plus en plus entreprenante. Chez lui, elle était désormais chez elle. Elle habitait son corps. Elle obsédait sa tête. Et, conjuguée aux assauts répétés de la mouche, elle contribuait à exciter la colère qui, jusqu'alors, sommeillait en lui. C'est elle qui lui tordait la bouche, tandis qu'il disait : « On parlait des deux cents familles au temps du Front populaire. C'est une expression un peu sommaire, je le reconnais, mais elle disait bien ce qu'elle voulait dire. Nous n'en sommes plus là. Aujourd'hui, nous assistons à des concentrations considérables où le capitalisme financier prend le pas sur le capitalisme industriel. Les entrepreneurs sont en train de céder la place aux maîtres de l'argent. C'est un phénomène qu'accentuent encore les privatisations. Cela risque de créer une situation dangereuse pour notre société. Les entrepreneurs, par définition adeptes de la société libérale, finiront par se sentir lésés.

— Quelles conséquences voyez-vous ?

— Cette évolution aura des conséquences sociales. Le chef d'entreprise ne peut ignorer son personnel. Aujourd'hui, le financier n'a pas les mêmes soucis. Il lui est complètement égal de “ dégraisser ”, comme on dit. Il veut d'abord du chiffre, des résultats. C'est un changement de mentalité. »

À présent, il parlait d'une voix douce, comme quelqu'un qui se ménage avant son dernier souffle, et je me demandai comment on pouvait discourir ainsi sur le nouveau capitalisme quand on sait qu'on va mourir et qu'une mouche vous harcèle.

Bossuet aurait aimé mourir pendant un sermon. Brillat-Savarin en roulant une truffe au chocolat. Sanson, après une exécution. Baudelaire, dans un paradis artificiel, son poème terminé. Mitterrand, lui, rêvait sans doute de rendre l'âme en fulminant contre le patronat. C'était sa façon de nier la mort.

Tout le monde voudrait mourir comme Molière, sur scène et par surprise. Quand elle survient alors que l'homme vaque à ses occupations habituelles, la mort n'est qu'un incident de parcours. Elle s'accepte mieux car elle n'est plus ce point final qu'il a fallu attendre des semaines, en se tordant de douleur sur son lit. Elle est devenue naturelle.

Le Président voulait mourir comme il n'avait pas vécu : naturellement, comme tous les mortels. Mais il acceptait déjà le destin en marche. Il en oubliait, parfois, de chasser la mouche.

Un proverbe espagnol dit que les mouches ne se posent pas sur le pot qui bout. Il ne bouillait pas. Moi non plus. Je me sentais aussi tiède que l'herbe.

CHAPITRE X

C'était comme si quelque chose avait mangé son visage de l'intérieur. Il ne lui restait plus que la peau, et elle était transparente. Dessous, il n'y avait que le néant qui aurait bientôt l'avantage. D'où l'effroi qui, de temps en temps, écarquillait ses yeux.

Il n'était plus que le comédien de sa propre vie ; un comédien qui n'en finissait pas de faire ses adieux. Il avait baissé les armes devant la mouche. Il dut lire dans mes pensées, car il se leva tout d'un coup : « Et si on retournait se promener dans la forêt ? »

C'était la mouche. Il n'avait même pas essayé de la tuer. Il préférait la fuir comme la mort.

« Je vais passer à la bergerie prendre une canne, dit-il. Je n'en ai pas besoin. Mais ça peut toujours servir. » Un sourire d'enfant, puis : « Il faudra aussi que je prenne une casquette pour me couvrir la tête. À mon âge, on ne perd rien à y penser. »

La bergerie n'avait pas changé, depuis le temps. C'était une grande pièce ronde couverte de rayonnages où s'étalait sa collection complète du Livre de poche. Le lit était placé au milieu, sans doute pour confirmer qu'il était bien, malgré sa modestie, le meuble le plus important de l'endroit qui, malgré les apparences, restait une chambre à coucher.

Il essaya plusieurs casquettes, en choisit une puis m'emmena, avec Anne Lauvergeon et Jacques Pilhan, pour une nouvelle promenade.

L'air était pur. Le soleil de midi l'avait débarrassé des derniers relents d'humidité qui étaient montés de la terre. En même temps, il était sale. C'était à cause des mouches et des insectes qui l'habitaient. À certains endroits, sous les arbres notamment, ils étaient si nombreux qu'ils formaient une espèce de brume grise.

« On met toujours votre sincérité en doute, dis-je. Tout le monde ne pense pas que vous soyez socialiste... »

Il n'eut pas l'air content : « Moi qui ai dirigé le Parti socialiste pendant dix ans et qui ai été tant attaqué à ce titre ! Je me suis rallié à ce grand projet il y a trente-cinq ans. Je n'y renonce pas.

— Mais tout le monde est convaincu que vous êtes européen...

— D'une génération à l'autre, la mémoire est courte. Je suis né pendant une guerre mondiale et j'ai fait la suivante. Quelle somme de massacres et de destructions ! J'en ai tiré les leçons. Je suis aujourd'hui l'un des rares survivants du premier congrès européen de l'histoire, à La

Haye, en 1948, qui était présidé par Winston Churchill ; j'ai continué le combat. »

C'était l'heure de la sieste. Le vent dormait. La forêt était en paix. J'avais envie de m'asseoir sur un talus sablonneux et de m'abandonner au bonheur de ce moment, mais le Président marchait vite, comme s'il était pressé d'arriver.

« Vous n'avez jamais craint que la France ne se dilue et ne se perde dans l'Europe ?

— C'est le discours des nationalistes, qui ont presque tous pour caractéristique de ne pas croire à la France.

— Peut-être y croient-ils trop ?

— Non. Pas assez ou pas du tout.

— Malraux disait que de Gaulle avait porté le cadavre de la France en faisant croire qu'elle était vivante.

— Elle n'est jamais morte. Ou, quand elle le fut, comme en 1870 ou en 1940, elle ressuscita aussitôt. »

Son œil s'était allumé. Il aimait bien les citations. Alors, je lui rappelai le mot de Georges Bernanos : « Napoléon se vantait à Sainte-Hélène d'avoir tiré parti des imbéciles. Ce sont les imbéciles qui ont finalement tiré parti de Napoléon. » Ils ont fabriqué ce patrimoine niais qui dégouline sans arrêt sur la France et la salit.

« Le nationalisme, affirma-t-il, c'est l'opium des imbéciles.

— Pourquoi ne l'avez-vous jamais dit ?

— En politique, il ne faut jamais dire du mal des imbéciles. »

Il dira mieux, quelques mois plus tard, dans un discours devant le Parlement européen, à Strasbourg : « Le nationalisme, c'est la guerre. »

Il s'arrêta et me regarda, la bouche ouverte, comme pour m'embrasser ; il se contenta d'ajouter : « C'est bien de se retrouver comme ça, après tant d'années.

— C'est bien », répétai-je, car je ne savais trop quoi répliquer.

Quand il reprit la marche, je lui dis : « Ce n'est pas la faute de l'Allemagne si elle est grosse. Mais n'avez-vous pas le sentiment qu'elle pèse trop lourd sur l'Europe ?

— L'Allemagne existe. Elle représente un grand peuple en mouvement. Il se trouve que nous sommes son voisin. Ce voisinage n'a pas été facile. Depuis Bouvines, au XIIIe siècle, nous avons été confrontés à cette réalité. Il me semble que ça suffit ! Mieux vaut s'entendre, ce que nous faisons en construisant l'Europe.

— Profitons-en tant qu'on a des chanceliers qui aiment l'Europe. Helmut Kohl me donne même le sentiment d'être plus européen qu'allemand. Je me trompe ?

— C'est un Rhénan, il regarde donc vers l'ouest. Je l'aime beaucoup et il me le rend bien.

— Je sais. Dans son bureau de la chancellerie, il n'y a que deux portraits. Celui de Konrad

Adenauer, son père spirituel, et le vôtre, que vous lui avez dédicacé.

— Je ne comprends pas pourquoi on cherche si souvent à en faire un imbécile.

— Peut-être parce qu'il zozote.

— C'est quelqu'un d'un formidable bon sens, d'une grande ténacité, avec beaucoup d'autorité.

— C'est surtout, grâce à la réunification, le personnage historique de notre continent pour la seconde partie du XXe siècle. Mais ça ne lui a pas gonflé la tête, ni les chevilles. Un jour, il m'a dit : “ Quand je me lève la nuit, je ne pense pas à l'histoire, je pille le réfrigérateur. ”

— Il est truculent et il a le sens de la formule. Souvent, je lui téléphone comme ça, sans raison, juste pour prendre des nouvelles. J'aime parler avec lui, le rassurer. Ne vous y trompez pas : c'est un angoissé.

— Vous auriez dû vous parler un peu plus lors de la réunification.

— Ne recommencez pas ! »

S'il n'y avait eu ce sourire dans la voix, je n'aurais pas su qu'il plaisantait.

C'était un vieux débat entre nous. Je n'avais pas compris qu'il ait tenté de bloquer ou de retarder la réunification de l'Allemagne après la chute du Mur, en 1989, alors que la mission historique de la France eût été, au contraire, de la porter. De Gaulle l'avait dit. Renan aussi, au siècle précédent. Quand l'histoire est inéluctable et nous dépasse, autant feindre d'en être les organisateurs.

*

Un jour, j'avais dit au Président : « Vous avez eu tort de chercher à freiner le cours de l'histoire. Comme l'a expliqué Kohl à Gorbatchev, quelques mois avant la chute du Mur, l'unification, c'était comme le Rhin, rien ne pouvait l'arrêter.

— Il fallait poser des conditions à l'Allemagne.

— Depuis la guerre, l'amitié franco-allemande n'a jamais été fixée sur un rapport de forces. Jamais.

— Mais l'Allemagne est un pays étrange qui n'a pas de frontières. Il fallait bien les fixer. Surtout à l'est. »

C'est vrai. L'Allemagne est une sorte de méduse qui flotte sur le vieux monde. C'est toujours quand on croit qu'elle dérive d'un côté qu'elle s'en va de l'autre.

L'Allemagne n'est pas vraiment un État, à peine une nation, mais c'est un peuple. Et il a fait des petits partout. Jusqu'en Russie. Un peuple qui n'est pas sûr de sa nation est toujours dangereux pour la paix du monde.

Je donnais tort à François Mitterrand mais son péché n'était que véniel. L'Allemagne elle-même avait oublié l'offense. Quand on critiquait la stratégie française de l'époque devant

Helmut Kohl, celui-ci montrait les crocs. Je l'avais entendu affirmer, quelques jours après mon échange avec le Président : « Comment pourrais-je lui en vouloir ? Il m'a apporté l'un des soutiens les plus importants que j'aie reçus durant mon mandat de chancelier, quand il a défendu dans son discours du Bundestag, en 1983, le principe de l'implantation des Pershing américains pour faire pièce aux SS 20 soviétiques. »

Le Président avait su se faire pardonner. Comme d'habitude, après quelques pirouettes ou cabrioles, il était retombé sur ses pieds.

*

Un photographe s'approcha de nous : Jean-Jacques Ceccarini. Il transpirait de peur. Il savait qu'il n'avait droit qu'à deux ou trois minutes. Le Président n'aimait pas les photos, ces temps-ci.

Après avoir retiré un cheveu de ma veste, le Président fit le beau devant l'objectif en disant : « Voici, enfin réuni, le couple infernal. »

Il remit sa main sur ma veste, pour rajuster le col. C'était un geste de femme, pas forcément amoureuse mais au moins complice, et il me ravit. Je lui rendis la pareille. Pour un peu, je l'aurais embrassé.

Quand le photographe repartit, je demandai au Président s'il était inquiet pour la suite des relations entre la France et l'Allemagne.

« Bien sûr, il y aura des crises, répondit-il. Willy Brandt m'a dit un jour : “ Il y a eu un chancelier pour l'Est. Moi. Il y aura bientôt un chancelier pour l'Allemagne et pour elle seule. ” Mais il était peut-être trop pessimiste... »

Il sourit au ciel.

« Schmidt et Kohl ont démenti cette prévision. J'espère que leurs successeurs se tiendront à la même ligne. »

Il regarda derrière les arbres comme un chien à l'affût, puis murmura : « Vous n'avez pas le sentiment que l'océan est dans la forêt ?

— Toute forêt est un océan. Elle dort, gronde ou mugit comme la mer. Les tempêtes sont aussi rudes sous les arbres que sur les vagues. Sauf que, dans le premier cas, il n'y a personne pour le dire. »

Il aimait bien quand je faisais des phrases. Il opina de satisfaction. J'étais content de moi.

Un grand silence s'ensuivit. J'en tirai profit pour respirer ce que je pouvais de forêt. J'en gardais chaque fois un peu dans mes poumons où elle laissait un chatouillis comme souvenir.

Il ralentit soudain pour attendre Anne Lauvergeon qui arrivait, impériale, sur ses talons hauts. Il s'approcha d'elle et lui glissa à l'oreille quelque chose qui la fit sourire.

Je me sentis délaissé et jaloux, tout d'un coup.

CHAPITRE XI

Je fus heureux de retrouver ma chaise longue car, du même coup, je retrouvais le Président. Il était à moi de nouveau ou, du moins, après tant d'autres, en avais-je l'illusion.

C'était l'heure du goûter. Le maître d'hôtel nous apporta un plateau de fruits et, après m'en avoir offert, le Président se mit à manger rageusement, comme un rapace, plongeant le bec dans la chair fraîche, une pomme, une banane et une grappe de raisin. C'était comme s'il cherchait à reprendre, avec les dents, la vie qui lui échappait.

J'avais déjà observé ce phénomène chez certains grands malades.

« Qu'est-ce que vous lisez en ce moment ? demanda-t-il en s'attaquant à une nouvelle grappe de raisin.

— Pas grand-chose, répondis-je pour évacuer la question. Et vous ?

— Les *Souvenirs* de Tocqueville.

— Vous ne les aviez pas encore lus ?

— Non, et j'aurais tout aussi bien pu m'en

passer. Ce n'est pas un très grand livre. C'est un témoignage intéressant sur la révolution de 1848. Mais Tocqueville n'est pas un personnage très sympathique. Il est tellement conservateur. »

Le Président concentra un moment son attention sur les trois grains de raisin qu'il avait avalés en même temps et, quand il les eut déglutis, reprit : « Je lis aussi *Joseph et ses frères,* de Thomas Mann. Mais j'ai encore la tête pleine de saint Paul.

— Pourquoi ça ?

— Je me passionne pour sa vie et son œuvre. C'est l'un des personnages les plus prodigieux de l'histoire. J'ai reconstitué ses itinéraires, spécialement en Asie Mineure, et j'aimerais bien les suivre si j'en avais le temps.

— Que vous a-t-il appris ?

— Quand il était jeune, saint Paul était un ennemi des chrétiens qu'il persécutait. Et puis, un jour, sur le chemin de Damas, il a eu la révélation. Alors, comme tous les gens qui changent de camp, il est devenu un inlassable militant chrétien, un prosélyte forcené, un marginal, à sa façon. À Antioche, il fonde sa propre communauté où, cherchant à y établir une religion universelle, il condamne le principe de la circoncision. Sur cette question, il s'oppose de plus en plus aux autorités religieuses de Jérusalem. On frôle le schisme. Jusqu'à ce qu'il se décide, finalement, à circoncire lui-même tous ses compagnons. Telle fut la première grande crise de l'Église, pour un bout de peau...

« Au fond, les premiers chrétiens, autour de Jacques, étaient des intégristes qui exigeaient des juifs plus de morale, de rigueur, de vertu. Ils se tenaient constamment devant le Temple en s'époumonant contre les vices de la religion hébraïque. Ils se rendaient insupportables et, de temps en temps, on les tuait à coups de pierres... Ce que j'aime en Paul, c'est le sens de l'universel. »

Je me souvenais que c'était lui qui m'avait fait lire l'Ecclésiaste, vingt ans plus tôt, sinon davantage. Un jour, lors d'un voyage en train, il en avait sorti un exemplaire de la poche de son manteau et m'en avait lu des passages. Je crois que c'était le début : « Tous les fleuves se jettent à la mer, et la mer ne regorge pas, et les fleuves reviennent au lieu d'où ils coulent pour couler encore. »

Quand je lui demandai si l'Ecclésiaste était toujours son livre de chevet, il me regarda avec un air surpris, puis secoua la tête : « C'est beaucoup dire. J'ai un chevet où les livres ne font que passer... Mais l'Ecclésiaste est un livre de base, comme les *Pensées* de Pascal. C'est aussi un livre fou. Quel choc quand on tombe tout à coup, dans l'Ancien Testament, sur ces pages écrites par Dieu sait qui, peut-être Salomon, qui sont les magnificat de l'incroyance ! »

Je hochai la tête, car j'avais, pour ma part, éprouvé ce même choc.

« Quelques-unes des formules les plus répandues de notre langage, reprit-il, sont tirées de l'Ecclésiaste : “ Rien de nouveau sous le soleil... ” “ Tu es poussière, tu retourneras en poussière... ” “ Tout passe, tout lasse... ” C'est le manuel du scepticisme. Mais je ne cultive pas le scepticisme. »

Dans sa bergerie de Latché, il y a longtemps, j'avais remarqué une vieille Bible en Livre de poche qui se défaisait de partout, comme un vieux Bottin. Elle n'était pas loin du lit.

Continuait-il à faire des incursions dans la Bible ?

« Toujours, répondit-il. Mais il faut d'abord savoir de quelle Bible vous voulez parler. Je n'ai jamais compris pourquoi on a mis ensemble l'Ancien Testament, le livre de la Justice de Dieu, et le Nouveau Testament, le livre de la Grâce. Ils n'ont rien à voir ensemble.

— On parle de la violence du Coran. Mais la violence de l'Ancien Testament est hallucinante, ne trouvez-vous pas ?

— Hallucinante, oui. Je suis content de vous l'entendre dire. »

Il me regarda avec gratitude, comme si je venais de le soulager d'un grand poids. Je poursuivis : « “ Tu ne tueras point ”, dit l'Ancien Testament. Mais il considère la lapidation comme un mode de châtiment tout à fait convenable.

— Dans la Bible, il y a du sang à chaque page.

— En tout cas, il y en a souvent. C'est normal. Pour elle, le sang purifie et sanctifie.

— D'où, ajouta-t-il, les guerres, les pillages, les massacres. Vous avez remarqué à quel point la Bible retentit de cris de mort !

— Et quand l'homme ne se livre pas à ces exactions, il immole les animaux. " Sans effusion de sang, il n'y a pas de rémission des péchés ", dit l'Épître aux Hébreux.

— On n'immole pas que des bêtes, dans la Bible. La loi stipule que Yahvé a besoin de chair fraîche : " Tu me donneras le premier-né de tes fils. Le premier-né demeurera sept jours avec sa mère puis, au huitième, tu me le livreras. " C'est bien ça la citation ? »

J'opinai, mais je ne savais pas.

Il sourit, puis : « Après tout cela, vous êtes encore chrétien ?

— Je le redeviens chaque jour. Et vous ? »

Il haussa les épaules, tel un bûcheron après une journée de cognée.

« Vous aviez dit un jour que vous pensiez croire en Dieu à la fin de votre vie. Vous êtes devenu croyant ?

— Je suis plutôt agnostique. Ce n'est pas faute de chercher, mais je ne sais pas ce que je crois. La transcendance est un sujet qui m'importe beaucoup. Je n'arrive pas à trancher. Il serait temps... »

Il rit, d'un rire comme une toux, qui aurait pu se terminer dans un mouchoir.

*

Quelques mois plus tard, dans son bureau de l'Élysée, nous avions abordé à nouveau le problème. Il avait fait un pas de plus.

« Vous croyez à l'immortalité de l'âme ? demandai-je.

— Pas spécialement. Ce serait bien embarrassant.

— Pourquoi, alors, avez-vous évoqué les " forces de l'esprit " dans votre dernier discours des vœux, en disant que vous comptiez écouter le discours de votre successeur " de là où je serai " ?

— Je crois à la puissance de l'esprit. Sans elle, que serait l'homme ?

— Mais l'esprit a-t-il une vie après la mort ?

— Réponse impossible, du moins pour moi. Après la mort, l'esprit demeure le sel de la terre. »

Quand je voulus savoir s'il croyait en Dieu, il répondit : « Je ne sais si je crois en Dieu, mais je suis souvent tenté d'y croire.

— Philosophiquement, dis-je, vous en êtes toujours nulle part ?

— Je ne me suis pas encore posé.

— Vous connaissez Spinoza ?

— Un peu. Pas très bien.

— Je suis sûr qu'il a raison, pourtant j'ai un mal fou à le comprendre. »

Soupir compatissant.

« C'est le problème, dit-il. À un moment donné, les philosophes se sont enfermés en eux-mêmes et sont devenus illisibles. Mais regardez Platon : comme c'est clair... »

Un petit silence. Le Président ferma les yeux quelques secondes. Quand il les rouvrit, ils exprimaient la malice et, du coup, je craignis le pire.

« Vous voulez toujours être écrivain ? demanda-t-il.

— Je m'y prépare.

— Ça fait déjà un quart de siècle que vous vous préparez. Vous devriez passer à autre chose, depuis le temps.

— Quoi ?

— Écrivain, c'est un métier assommant. Essayez la politique. Vous êtes fait pour cela. Vous vous amuseriez, vous savez. Il est encore temps. À votre âge, on peut refaire sa vie. »

Nouveau soupir, faussement ébahi cette fois.

« Vous en avez de la chance, fit-il.

— Vous en avez eu.

— Mais c'est fini. Et si j'en avais, elle ne servirait plus à rien. »

Ce jour-là, à Latché, faisant allusion à de vieilles conversations, je lui demandai : « Vous rêvez toujours d'immortalité et de temps arrêté ?

— Oh, non.

— Pour parler comme Céline, l'éternité, ça doit être long, surtout vers la fin.

— Vous vous rendez compte ? Avoir soixante-dix-huit ans pour toujours, jusqu'à la nuit des temps... Je ne pourrais pas le supporter. Déjà que c'est dur.

— Le fait d'avoir pensé à la mort toute votre vie vous rend-il plus capable de l'affronter aujourd'hui ?

— Cette perspective est tellement inscrite dans la vie de chacun qu'il serait un peu misérable de s'abaisser devant cette échéance. Je sais que je n'existerai plus dans quelques mois ou années. Mais ce n'est pas de mourir que j'éprouverai un grand souci. C'est de ne plus vivre. »

Il avait dit cela avec nostalgie, comme s'il ne vivait déjà plus beaucoup, et une ironie s'était glissée dans sa gorge, comme un voile, quand il avait parlé d'années.

Il n'avait jamais cru en grand-chose. Il ne croyait même plus en lui. Il était redevenu le jeune homme de vingt-cinq ans qui écrivait à l'un de ses amours de jeunesse, sa cousine éloignée Marie-Claire Sarrazin (dite « Clô »), le 28 septembre 1942 : « On devrait toujours posséder cette divine raison qui permet à l'hiver de s'éclairer des soleils d'été. Pourrai-je un jour me reposer avec le bonheur de ce qui a été ? Renoncement difficile et qui nous oblige à rechercher ses raisons d'être. La sagesse des sceptiques ressemble si bien au désespoir qu'en moi il laisse un vide que seul l'infini pourra contenter. »

CHAPITRE XII

« Ma vue n'est plus ce qu'elle était, dit-il. Mais j'espère bien que je pourrai lire des livres jusqu'au bout. Mourir avec un livre dans la main, c'est le rêve. »

Je le comprenais. Je suis très myope. C'est à cause de la lecture. Elle m'a abîmé la vue. Quand j'étais jeune, je lisais tout le temps, dans la pénombre ou sous le soleil de midi, assis à l'arrière de la voiture, pendant les cours de mathématiques ou de physique, lors des repas de famille. Je me souviens que j'étais toujours pressé de quitter la table, le soir, pour me glisser sous les draps et retrouver Dostoïevski, Steinbeck, Montaigne, Dickens, Flaubert et aussi n'importe qui.

J'ai passé ma jeunesse un livre à la main.

Le Président, lui, avait également passé sa vie un livre à la main. Dès qu'il avait une seconde de libre, il sortait de sa poche un roman ou un essai, et il disparaissait aussi longtemps qu'il le pouvait. Mais il n'était pas myope. Sa vue était même presque parfaite contrairement à moi, qui portai des lunettes telles des loupes avant de me rallier aux verres de contact.

C'est lui qui m'avait fait découvrir Drieu la Rochelle. « Gilles, c'est nous », m'avait-il dit une fois, en me « prêtant » un Livre de poche que j'avais remarqué sur un rayonnage. Il m'avait aussi initié à Chardonne. Je me disais que je repartirais peut-être de Latché avec un roman qu'il glisserait dans ma poche. Mais ce jour-là, il n'avait pas envie de partager quoi que ce fût, même pas un coup de cœur littéraire. Il n'avait plus envie de rien. Il était fatigué de tout.

« Il y a tant de livres à lire, dit-il.

— Et à écrire.

— Parlez pour vous.

— On attend vos Mémoires.

— Je n'écrirai pas de Mémoires sous la forme : "Je suis né le 26 octobre 1916, à Jarnac, en Charente. " Je ne raconterai donc pas ma vie. J'aimerais avoir le temps d'écrire cinq ou six livres sur les moments dominants de ma responsabilité politique. Cela prend du temps, un livre... et je n'en ai pas beaucoup. »

Son expression était si désespérée que j'aurais dû poser ma main sur la sienne. Je n'eus pas ce courage, ni cette audace.

Sa main amaigrie qui n'eut pas droit à un toucher affectueux pendait le long du corps ; elle faisait de la peine.

*

Quelques semaines plus tard, je déjeunais avec le Président. Son visage était encore plus transparent. Je souffrais pour lui, si l'on peut jamais souffrir à la place d'autrui. Mais j'avais tort. Il me regarda avec un sourire qui me parut moqueur, puis demanda : « Quel est le plus grand écrivain français ?

— C'est un jeu ?

— Si ça vous gêne, je vais répondre le premier, dit-il. Pour moi, c'est Voltaire. Ce n'était pas un beau caractère. Par exemple, je n'aime pas cette façon qu'il a de quémander de l'argent à Frédéric II. Il produisait aussi des pièces de théâtre tout à fait insipides, bien que très appréciées de son temps. Mais c'est un écrivain qui me fascine. Relisez *Candide.* C'est d'une fraîcheur et d'une actualité...

— Et *Zadig* ? Vous avez lu *Zadig* ?

— Bien sûr. Et je place très haut la correspondance de Voltaire.

— La correspondance, c'est souvent ce que certains écrivains ont fait de mieux. L'invention du téléphone fut un crime contre la littérature. Imaginez Flaubert sans sa correspondance.

— C'est bien vrai. Quand il écrivait des lettres à ses proches, il avait tellement plus de talent que lorsqu'il écrivait... je ne sais pas, moi... *Bouvard et Pécuchet.*

— Ou *Salammbô*. C'est tellement rococo, *Salammbô*. On dirait une pièce montée.

— Il a trop travaillé dessus.

— C'est pourquoi c'est fabriqué. »

Le Président fit mine de réfléchir un moment et ajouta : « Il n'y a pas si longtemps, je crois que j'aurais donné à Chateaubriand le titre de plus grand écrivain français. J'aimais sa prose. Et puis ses portraits.

— Celui de Talleyrand, bien sûr.

— Mais aussi celui de Charles X.

— Chateaubriand eût été sublime s'il avait pu atteindre, parfois, le second degré. Il ne se regarde pas par la fenêtre.

— C'est vrai, dit-il, que la vanité le gonfle souvent telle une outre. Il franchit alors le mur du ridicule.

— Comme tous les mémorialistes. Il faut toujours qu'ils se mettent en avant : " C'est moi qui, c'est moi que... " »

Le Président hocha la tête : « C'est un métier dangereux, mémorialiste. Toute la grandeur de Chateaubriand est là. Le reste de son œuvre n'est pas terrible. Le *Génie du christianisme*, *Atala*, tout ça ne vaut pas tripette.

— Mais ses pages sur Napoléon le placent au premier rang de la littérature française, affirmai-je.

— Il lui a bien réglé son compte, à Napoléon. Mais il n'a pas tué la légende. Quand elles ont pris naissance, on ne peut jamais tuer les légendes. »

Il revint à son idée : « Les Mémoires, c'est un genre difficile et parfois très cruel. Voyez Jules Renard. Dans son *Journal*, il ne rate rien ni personne. Il raconte par exemple qu'un jour, au cours d'une conversation avec Octave Mirbeau, dans le jardin de la maison familiale, dans la Nièvre, il entend un bruit de clapotis dans le puits. Ils vont voir. C'est la mère de Jules qui est tombée. Commentaire, dans le *Journal*, si ma mémoire est bonne : " Drôle de façon de me faire orphelin. " Quelle dureté !

— La dureté est un genre littéraire. Je suis sûr que, dans la vie, il était doux comme un agneau.

— Rien ne le prouve.

— Dire qu'un tiers du *Journal* a fini, après la mort de Jules, dans le poêle de Mme Renard, sous prétexte qu'il était trop venimeux ou trop indiscret. Et tout cela, avec la complicité de l'éditeur.

— Il y a tant de chefs-d'œuvre qui resteront ignorés. Quand ils ne sont pas déjà partis en fumée.

— L'extinction du soleil, d'ici quatre milliards d'années, mettra tout le monde d'accord. »

Il gémit, le regard au plafond, comme s'il cherchait le soleil : « En attendant, il ne présente pas les mêmes signes de faiblesse que ma pauvre personne. »

Une gêne s'établit entre nous.

« Si vous aviez à résumer votre biographie, que diriez-vous ?

— Je ne m'y essaierai pas. Finalement, j'aurais aimé être un Voltaire qui aurait écrit *Du contrat social.* Ce Rousseau, il a vraiment tout gâché.

— Vous aimiez quand même les idées de Rousseau ?

— Parce que ce sont des idées fortes. Je n'aime pas du tout le personnage.

— Entre Voltaire et Rousseau, vous ne choisissez pas Diderot, comme d'autres ?

— Diderot est grand, mais Voltaire est à mes yeux l'esprit le plus représentatif du génie français.

— Vous êtes, aurait dit Victor Hugo, un homme qui pense toujours à autre chose. Quand vous avez envie d'être quelqu'un d'autre, à qui pensez-vous ? À un écrivain ?

— J'aurais aimé être un écrivain, oui. Mais la réponse est donnée. J'ai été pris par l'action.

— Vous ne regrettez pas trop ?

— Non.

— Pas un moment de doute et d'insatisfaction ?

— Dans l'action, on rêve de méditation ; mais dans la méditation, au bout du troisième mois de désert, on se dit forcément qu'on aimerait bouger un peu. Alors, on se met à rêver d'un chameau qui passerait par là. »

Et quand on est monté sur le chameau, rien ne sert de se cacher derrière la selle.

*

Le Président dit en se levant : « Et si on rentrait ? Vous ne trouvez pas que ça commence à fraîchir ? »

Ce n'était pas mon impression. Ni la sienne, sans doute. Pourtant, je n'avais ni l'envie ni le courage de le contredire. Et puis, le soir tombait. La nostalgie gagnait et l'ordre ne se discutait pas. Je suivis donc le Président, avec Anne Lauvergeon et Jacques Pilhan, jusqu'à la bergerie où il fallut s'asseoir dans des fauteuils en peau de vache, comme celui que j'avais gagné, un jour, à la Fête de l'Humanité où, d'ailleurs, je l'y laissai sans regret.

« Je viens souvent tout seul ici, dit-il. Comme je n'ai pas de cuisine, je vais manger au restaurant à midi. Depuis que je suis malade, on m'apporte le petit déjeuner au lit, le matin. Cela a quand même du bon, d'être malade : on s'occupe de vous. »

Il prit un air grave et continua : « Le cancer de la prostate, je connais. Il y a une hérédité chez nous. Mon père en est mort. Un de mes frères aussi : Philippe, qui a été emporté en peu de temps. Robert, l'aîné, l'a eu également il y a six ans. Il a bien bataillé et s'en est sorti. Je ne sais pas de quel côté je vais tomber. »

En réalité, il était déjà tombé. Sauf qu'il faisait semblant de ne pas s'en rendre compte.

CHAPITRE XIII

Soudain le Président sortit de son silence qui était sans doute une réserve ou, peut-être, une récapitulation des morts : « Pauvre maman. » Je ne dis rien car j'attendais la suite. Elle ne vint pas.

La nuit commençait à nous envelopper. Elle faisait monter en lui des idées noires. Quand il se taisait, le Président avait parfois une bouche d'agonisant, cette bouche ouverte à l'infini qui entre en elle, comme du lait.

Il se leva brusquement. « Venez voir, fit-il en se dirigeant vers la bibliothèque pour s'arrêter devant une photo de sa mère à l'expression triste et résignée. Elle est morte si jeune. »

Il me montra une aquarelle, d'un style un peu passe-partout, mais pas laide, où les bleus étaient d'un néophyte par leurs empâtements. « C'est ma mère qui faisait cela. Elle ne se débrouillait pas mal, non ? »

Il prit ensuite une photo de ses parents. Elle, lourde et massive, pleine de grands principes, prometteuse de maternités. C'est d'elle qu'il avait hérité cette obstination avec laquelle il remuait ciel et terre.

Lui, endimanché et pète-sec, gorgé de rêves de grandeur, de désirs de femme et de problèmes de conscience. Cela se voyait sur lui comme le nez au milieu de la figure, qu'il croyait que le monde tournait autour de son nombril. François Mitterrand avait gardé cela de son père, sur lequel, je l'avais déjà remarqué, il s'attarda moins.

Après avoir traîné devant les photos de la bibliothèque, nous nous assîmes sur le petit lit du Président, ce lit qu'il retrouvait si souvent, pour les vacances, ou les fins de semaine. C'était un lit mal fait, tout de blanc couvert, aux couvertures froissées, qui aurait pu servir à un moine ou à un soldat, mais sûrement pas à un don Juan. Autour, il y avait, dans un grand désordre, de quoi soutenir un siège : une bouteille d'eau, une pomme, une banane, des médicaments en pagaille, des piles de livres parmi lesquels je reconnus les *Souvenirs* de Tocqueville, *Joseph et ses frères* de Thomas Mann, la Bible de Jérusalem, un livre sur la Charente, un autre sur la Dronne.

Ce désordre me rappelait le lit de ma mère quand elle avait perdu sa bataille contre le cancer.

Nous regardâmes d'autres photos qui traînaient. Ce fut un défilé de gens que je ne connaissais pas. De la famille surtout, plus ou moins proche. Quand, sur une photo, je reconnus Mazarine, la fille du Président, je passai très vite à la suivante, comme si je n'avais rien vu. Il ne vit rien non plus. Mais je crois qu'il avait décidé, depuis quelque temps, de ne plus rien voir.

*

Le Président cultivait depuis longtemps l'art de ce que Baudelaire appelait la « double conscience ». De la fenêtre, il se regardait marcher dans la rue puis monter l'escalier, ouvrir la porte, faire l'amour et repartir, ensuite, prononcer des discours. C'était sa force. « Vous avez du recul, m'avait-il dit, quelques semaines plus tard. Prenez-en toujours. Il faut tout le temps se regarder d'en haut. C'est comme ça qu'on grandit. Moi, j'ai trop grandi. C'est pourquoi je vais mourir. » Sur quoi il avait souri, content de sa formule. Cette distance qu'il mettait entre lui et sa personne, c'était aussi de l'indifférence. À l'approche de la mort, elle était devenue sidérale. Plus rien ne le touchait ni même ne l'effleurait. Ce jour-là, je me souviens de l'avoir entendu parler de l'affaire Mazarine avec un mélange de sang-froid et de fatalisme que je ne lui avais jamais connu pour les choses qui le concernaient de près.

Après que *Paris-Match* eut révélé l'existence de sa fille Mazarine, photos à l'appui, il m'avait dit : « Franchement, ce n'est pas une tragédie, cette histoire. Même pas un drame. Tout le monde était dans le coup. Ma femme était prévenue. Si l'enfant dit naturel avait été un bébé, cela aurait pu être embêtant. Mais là, franchement, pour une fille de dix-neuf ans...

— Elle est née avant 1981. Il y a donc prescription.

— Comme vous dites. Mais cette affaire aurait été ennuyeuse pour ma fille si la presse s'en était emparée l'an dernier. Elle n'avait pas encore passé son examen d'entrée à l'École normale. Elle était un peu fragile. Là, tout s'est bien arrangé. Elle n'a pas si mal pris la chose. C'est une personne remarquable, Mazarine. Elle est très douée pour la philosophie. Elle veut écrire, vous savez. Elle deviendra quelqu'un, j'en suis sûr. »

La fierté soudain redonnait vie à ses yeux. Un sourire de prédateur, puis : « J'ai beaucoup péché, dans ma vie personnelle. Je n'ai pas arrêté de pécher. Ma seule punition aura été Mazarine. J'ai eu de la chance. »

Il rit d'un rire qui montait du tombeau où il s'imaginait déjà.

« On m'aura tout fait, poursuivit-il. C'est ainsi que je suis devenu, au fil des ans, un prévaricateur, ex-cagoulard et ancien collabo, qui, après avoir été Kapo dans les camps de la mort, a peuplé la terre de ses bâtards. J'en ai eu plusieurs dans chaque département, vous savez. On m'en a retrouvé jusqu'en Suède. Il paraîtrait même que j'ai commandité les assassinats de tas de gens. J'aurais maquillé mes crimes en suicides. Pas vu, pas pris. Je serais un Landru qui aurait réussi. Mieux vaut en rire. Comme j'ai toujours dit que, contrairement à de Gaulle, je ne ferai pas de procès à mes diffamateurs, il y a plein de gens qui se sont fait du beurre sur mon dos en racontant ce genre de fariboles. »

Regard oblique, comme s'il cherchait le beurre. Je tentai d'élever le débat : « Au nom du droit de savoir, la presse fait sauter les interdits et met à mal les gouvernants. Pensez-vous que le fait de tout médiatiser constitue un danger pour la démocratie ?

— Non. On finira par se fatiguer des pouvoirs sans contrôle qui remettent en question la démocratie.

— La justice et les médias sont-ils des pouvoirs sans contrôle ?

— Je crois que le système judiciaire français est convenable. Même si certains voudraient le voir basculer du côté du pouvoir des juges. Quant au système des médias, c'est une prolifération qui se nourrit d'elle-même et se développe sans arrêt.

— Ils ont trop de pouvoir ?

— Je ne m'effraierais pas qu'ils aient trop de pouvoir s'ils avaient plus de règles.

— Dans la plupart des pays du monde, les médias ont tendance à entrer de plus en plus dans les chambres à coucher. Vous trouvez normal qu'ils parlent de la vie privée ?

— Cela m'est égal. Mais les journalistes s'exposent à des chocs en retour.

— Finalement, n'avez-vous pas été content que *Paris-Match* révèle au grand jour l'existence de Mazarine ?

— Oui. Évidemment, cela pouvait raviver la peine. Il fallait bien que je m'y attende. Et puis j'ai été très flatté de me montrer en si charmante compagnie.

— Elle est très belle. »

Mouvement de surprise, trop appuyé pour être sincère. « Ah, vous trouvez ? C'est vrai qu'elle a beaucoup plu.

— Qu'est-ce que cette histoire vous a appris ?

— Les Français n'ont pas si mal réagi. Ils étaient plutôt heureux. C'est bizarre, non ?

— Ils ont sans doute apprécié que vous l'assumiez.

— Il est dommage que je n'en aie pas d'autres en réserve.

— Qui sait ?

— Je peux vous rassurer. Il n'y aura pas de surprise. Si j'en avais d'autres, je m'en serais occupé. »

Mélange de silence et de recueillement.

« Il y a une chose qui est sûre, conclut-il, personne n'aura l'idée de m'envoyer un télégramme comme celui que Mauriac reçut à la mort de Gide : " Il n'y a pas d'enfer. Tu peux te dissiper. Préviens Claudel. (Signé) André Gide ". »

*

Il aimait les femmes. Devant elles, il était du genre à dire : « Je les choisis toutes. » C'est pourquoi il a toujours pris soin de n'appartenir à aucune.

Elles ne lui résistaient que rarement. Il les amenait doucement à lui, avec tact, à coups de battements de paupières, de sourires amènes et de mots doux. N'économisant ni son temps ni sa patience, il déployait un charme d'abbé de cour, un charme enveloppant, jusqu'à ce qu'elles fondent enfin.

Apparemment, c'était une bête de proie. Deux ou trois fois, alors qu'il m'avait donné rendez-vous à huit heures du matin à son domicile de la rue de Bièvre, je l'ai vu arriver après moi avec un air de conspirateur, pas rasé et le visage creusé. On aurait dit un loup qui avait couru toute la nuit. Un clin d'œil ou un sourire avait suffi en guise d'explication.

Il était pourtant très fleur bleue. À ses conquêtes, il promettait souvent de recommencer de zéro. Quelque part au fin fond des États-Unis. Parfois au Texas, Dieu sait pourquoi. Ou bien du côté de l'Arizona. Ses femmes furent les seuls êtres pour lesquels il abandonnait parfois son cynisme. Il adorait qu'elles l'aiment. Il ne pouvait empêcher les exaltations de l'envahir, même quand sa carcasse ne suivait plus. Chaque jour, il fallait qu'il téléphone aux anciennes, aux nouvelles et aux futures. Lorsqu'il rompait ce n'était pas définitif.

Certains soirs, quand le Président laissait s'installer un mélange de désir et de nostalgie, il se prenait pour Casanova dont il aimait tant les *Mémoires.* « Casanova parle quelque part d'un homme qui vient d'être plaqué, racontait-il. Le malheureux n'en peut plus de chagrin. Passe une femme. Il se retourne. Il est guéri. »

Mitterrand n'avait jamais été désespéré. Il se retournait toujours.

« Quel est le plus beau mot d'amour ? me demanda-t-il un jour.

— Sans hésitation, c'est : oui. »

Il hocha la tête et me récita en substance les dernières lignes d'*Ulysse* de James Joyce : « Alors, je lui ai demandé avec les yeux de demander encore oui et alors il m'a demandé si je voulais oui dire oui ma fleur de la montagne et d'abord je lui ai mis mes bras autour de lui oui et je l'ai attiré sur moi pour qu'il sente mes seins tout parfumés oui et son cœur battait comme un fou et oui j'ai dit oui je veux bien oui. »

Chez la femme, il aimait surtout les pieds. Il lui arrivait de demander à ses conquêtes de se déchausser devant lui. Il adorait alors passer sa main sur la cheville, le talon, la plante. C'était sa façon de faire connaissance.

En revanche, il montrait rarement ses propres pieds. Il est vrai que les ongles de ses orteils étaient toujours trop longs. « Je n'arrive pas à les couper, disait-il. C'est comme si je me séparais d'une partie de moi-même. »

*

J'étais sûr que Mazarine ne s'était jamais assise sur ce dessus-de-lit blanc dans la bergerie de Latché. À force de tout cloisonner et de ranger chacun dans son tiroir, le Président ne s'y retrouvait plus, au sein de sa vie. Il s'égarait dans ses mensonges. C'est pourquoi il avait l'air si seul.

« Cette maladie est insidieuse, dit-il. Les médecins ont tendance à baisser les bras un peu vite. Je les engueule. »

Il avait tout perdu, sauf le moral qui lui revenait de temps en temps.

*

C'était un jour où le Président avait flâné au cimetière de Passy, près du Trocadéro. Un beau cimetière, jamais battu par les vents, entre ses grands murs clos. La mort doit y être calme et douce sous les ifs.

Les riches aiment la vie tranquille, même après la mort. Devant ces tombes, on peut comprendre que les gens aient envie de mourir.

C'est si beau qu'on se croirait dans un Corot ou un Sisley.

Le problème avec la mort, c'est qu'il faut partir. Mais après, au cimetière de Passy, c'est le silence, les fleurs, les arbres et le bonheur : on passe sa mort à la campagne. Encore que les défunts s'ennuient peut-être dans cet au-delà paysager.

« Cela vaut le déplacement, dit-il. Vous savez que je préfère les cimetières aux musées. Curieusement, ils sont plus vivants. »

Ce jour-là, le Président avait rendu visite à Marie Bashkirtseff dans son caveau qui culmine à droite, sitôt franchie l'entrée du cimetière. Un mausolée à sa gloire. Moitié salon bourgeois, moitié atelier d'artiste. Il était descendu dans la crypte et s'était recueilli devant la tombe de marbre blanc où était seulement écrit le nom de la défunte, née en 1860 et morte en 1884.

C'était une enfant comme nous tous, avec des rêves plein la tête. Mais tout s'était dérobé devant elle : l'amour, le mariage, la gloire et finalement la vie que lui avait arrachée la phtisie. « Nous finirons ensemble » furent ses derniers mots, dans la nuit du 30 au 31 octobre.

Ensemble, mais avec qui ? Peut-être le duc anglais ou bien le nobliau bonapartiste que cette bouffeuse de particules avait tant adorés qu'ils l'avaient fuie en courant. Ce n'était pas sa faute. Elle avait trop d'amour. Pour tout le monde. « Je voudrais que les pauvres soient secourus en hiver autant que possible », avait-elle écrit dans son testament.

Elle a rendu son dernier soupir toute seule, c'est-à-dire sans qu'une main d'homme tienne la sienne. Ils ne sont entrés dans sa vie qu'après qu'elle fut partie dans l'au-delà. Quand le cortège funèbre se mit en branle en direction de l'église russe de la rue Daru, le monde entier, soudain, est tombé amoureux d'elle. Même Maurice Barrès s'est mis à délirer : « Elle avait, si jeune, amalgamé cinq ou six âmes d'exception dans sa poitrine délicate. »

Marie Bashkirtseff était russe, peintre, sculpteur, écrivain, croyante et aventurière. Elle était femme, surtout, et savait parler de l'amour : « Il y a quelque chose de vraiment beau, d'antique : cet anéantissement de la femme devant la supériorité de l'homme aimé doit être la plus grande jouissance d'amour-propre que puisse éprouver une femme supérieure » (5 novembre 1878). C'était une demoiselle hallucinée qui osait écrire ce que nous n'osons même pas penser : « Dieu ne m'a point faite telle que je suis sans dessein, il ne peut m'avoir donné la faculté de tout voir pour me tourmenter en ne me donnant rien. Cette supposition ne s'accorde pas avec la nature de Dieu, qui est un être de bonté et de miséricorde. J'aurai ou je mourrai. C'est comme je l'ai dit » (13 juin 1876). Ou encore : « Mon Dieu ! Donnez-moi la vie que je veux ou faites-moi mourir » (13 juillet 1876).

« Marie vous excite toujours, plus d'un siècle après sa mort ? m'inquiétai-je.

— C'est étrange, mais je crois que c'est le mot : elle m'excite. Avant, parce qu'elle était un modèle de chasteté exaltée. On aurait cru qu'elle avait été inventée par Bernardin de Saint-Pierre. Maintenant qu'on a découvert que son journal fut caviardé, elle m'attire parce qu'elle était libre et laissait déborder son cœur. En fait, c'était " Belle du Seigneur ".

— C'était une femme pressée qui voulait mélanger l'amour et l'ambition. Franchement, elle n'est pas votre genre.

— Je suis fasciné par sa hâte et son exubérance dans toute chose. Comme les gens que la mort attend jeunes, Marie sait qu'elle n'a pas le temps. Elle ne dévore pas la vie, elle l'avale à toute vitesse.

— Si vous l'aviez rencontrée, auriez-vous été conquis ?

— Peut-être. Mais ces femmes-là, on ne peut pas les aimer vraiment, vous savez. Elles ne font que passer, elles ne restent jamais. Il faut toujours qu'elles partent. Elles ont trop peur de mourir. »

Il avait dit cela avec une lueur de dédain, comme s'il n'avait pas peur, mais la lueur mentait.

*

Le même jour, alors qu'il avait la main plaquée contre sa hanche, comme pour calmer la douleur provenant de la sonde, le Président m'avait dit, je m'en souviens avec exactitude : « Ce qu'il y a de plus terrible avec le cancer, c'est qu'on finit par perdre le goût de la vie. De temps en temps, je le retrouve. Cela me rend tellement heureux que je me dis sans arrêt : quelle chance j'ai, de vivre une journée aussi magnifique !

— Ça vous arrive souvent ?

— Bien sûr. Tenez, ce 11 Novembre, mon dernier 11 Novembre de président de la République. Comme j'ai aimé cette cérémonie ! J'embrassais l'horizon et j'étais soulagé, je vous jure. Je me disais qu'une page était tournée et que c'était fini. Cela m'a fait du bien. Je peux encore prendre du bon temps, vous voyez. »

Il eut un sourire en forme de grimace : une douleur qui s'élançait. « Les jours passent, reprit-il.

— Les années, les décennies aussi...

— Et même pas le temps de se retourner.

— C'est une erreur, de ne pas se retourner.

— Je l'ai commise, comme tout le monde. Le jour où l'on commence sa vie, on entame le processus qui conduira à sa propre destruction. On croit pourtant toujours que ça durera. Rassurez-vous, j'y crois de moins en moins.

— Il ne faut pas parler ainsi, monsieur le Président...

— Je suis encore lucide, voilà tout. Je me rends bien compte que, parfois, j'ai un mal fou à tenir debout. Par exemple, le dernier sommet franco-britannique, à Chartres, fut pour moi un supplice : une heure sans pouvoir s'asseoir, c'est dur, dans mon état. Mais je résiste. J'ai résisté à tout, dans ma vie. Je ne vois pas pourquoi je ne résisterais pas à cette maladie. »

Il disait cela d'une voix si flûtée qu'on sentait bien qu'il ne le pensait pas.

Le Président avait toujours aimé les voyantes. Il pouvait les écouter pendant des heures lui parler de lui. Un jour d'automne lui fut amené, après un déjeuner, un personnage extraordinaire, extralucide de surcroît : Aum Farouk, dite Hadjehé, une grosse dame arabe qui, tant elle était ronde, paraissait rouler plutôt que marcher. Elle s'assit à même le sol et réclama une casserole remplie d'eau que j'allai chercher. Elle y trempa ses mains en murmurant des prières.

Je fis mine de m'en aller, par discrétion. Mais le Président me retint : « Restez, je n'ai rien à cacher, même pas à vous. »

« Ce matin, vous vous êtes fait faire une prise de sang, finit par dire Hadjehé, les paupières closes.

— Oui, en effet, dit le Président, surpris.

— Vous avez peur.

— Oui.

— Vous ne pensez qu'à votre maladie.

— Oui.

— Vous avez mal dans le dos, dans les jambes, dans la poitrine, partout.

— Oui. »

Elle partit chercher un peu d'avenir dans l'eau de la casserole, puis demanda à examiner le pied présidentiel. François Mitterrand s'exécuta et remonta son pantalon.

Ce qu'elle dit alors ne lui fut pas traduit : « Je ne peux rien voir. Cet homme n'a plus de passé, plus d'avenir, plus rien. Il va mourir. Ce n'est pas une question de mois, mais de semaines. »

Le visage du Président s'assombrit, tout d'un coup, comme s'il avait compris. Mais qu'il n'ait rien compris ne changeait rien. Il savait déjà. Ses yeux hagards disaient sa pensée.

Il n'y pouvait rien. Il avait le regard des grands cancéreux, quand il est trop tard et qu'ils ont l'air de chercher le vôtre depuis la tombe ou l'éternité. C'étaient les yeux de maman sur son lit d'agonie. Ils étaient suppliants.

La mort serait si simple s'il ne fallait mourir.

*

Chaque homme vient ici-bas pour quelque chose. Souvent, c'est pour une femme. Parfois, une maison. Ou bien un potager, une voiture, une quincaillerie. Dans certains cas, c'est pour changer l'espèce humaine ou pour ravager la terre de guerres qui permettent à de petits personnages de se voir grands, jusqu'à ce que, poussière, ils retournent poussière, comme tout le monde.

Je m'étais souvent demandé ce qu'avait recherché ici-bas François Mitterrand, convaincu qu'il était de l'inanité des choses terrestres. Sûrement pas la gloire. Il la savait éphémère. Le drame des hommes, en général, et des présidents, en particulier, est qu'ils se croient immortels alors que la postérité ne dure jamais que quelques décennies, parfois plusieurs siècles et, dans le meilleur des cas, deux ou trois millénaires. Pas plus longtemps que le soleil, en tout cas.

Le Président n'était pas venu, comme d'autres, pour rouler sa meule sur la France. Chateaubriand a écrit de Napoléon qu'il avait tiré sur ses talons les portes du temple de Janus et qu'il avait entassé derrière elles des monceaux de cadavres, afin qu'elles ne puissent se rouvrir.

Dans le cas de François Mitterrand, ces macchabées n'étaient pas humains. Les montagnes qui lui avaient permis de se barricader, c'étaient des montagnes d'illusions mortes, celles qu'il avait laissées s'épuiser tout au long de sa vie, et qui sentaient les catacombes.

Il ne s'était accroché longtemps à aucune de ses illusions. Maintenant que les ténèbres le menaçaient et qu'il préparait son sépulcre, il ne cachait même plus qu'il préférait sa propre compagnie à celle des idéologues que cet affreux XXe siècle a mis en bière. Il s'avançait sans regarder les autres, en suivant son ego et son destin. Il espérait un avenir dans l'éternité.

Je l'ai entendu dire, un jour : « Je voudrais mourir dans l'un des plus beaux endroits du monde, à Assouan où l'on se sent si grand, avec le ciel pour soi ou à Venise où l'on se sent si petit, déjà englouti. » Une autre fois, il avait soupiré : « J'aurais tellement aimé être enterré au Panthéon. C'est là que ma présidence a commencé. Il serait normal qu'elle se finisse là. Mais les socialistes feront tout pour empêcher cela. »

Au bord de la fosse ou attendant que le ciel prononce son arrêt, c'était sa façon de penser à l'au-delà.

*

Le jour tombait. Je voyais bien que le Président redoutait l'obscurité qui descendait et noyait tout sur son passage. Il avait peur.

Pour supporter la nuit, il lui faudrait une main amie. Ou bien un bon livre. Que nous repartions ne l'enchantait pas, je le sentais.

Anne Lauvergeon posa un parapheur ouvert sur ses jambes. Le Président signa machinalement plusieurs lettres avant de tomber en arrêt sur un papier et de s'écrier : « Ah ! non ! Pas ça ! Comment peut-on faire une faute pareille ? Je hais les fautes d'orthographe ! »

Après quoi il parcourut la revue de presse. Il s'arrêta sur un éditorial et, après l'avoir lu en diagonale, laissa tomber d'une voix d'outre-tombe : « Tout ça, c'est des bêtises, rien que des bêtises. » Il ferma le dossier avec plus de lassitude que de rage, puis me fixa droit dans les yeux.

Une bouffée d'amour monta en moi. Plus la vie reculait en lui, plus il se rapprochait des autres. Pour le moment, il n'était plus grand-chose : un regard qui en mendiait un autre. Je lui offris le mien. Nous partîmes ensemble loin du monde.

« Il faut y aller, dit Jacques Pilhan. On va rater l'avion. »

Le Président nous raccompagna jusqu'à la voiture. Il nous dit au revoir à sa façon laconique.

Mais quand la voiture fut arrivée au bout du chemin, je me retournai et aperçus par la vitre arrière le Président qui continuait à nous saluer de la main.

Ce geste me rappelait celui de ma grand-mère américaine, les derniers mois de sa vie. Je me dis qu'il allait bientôt mourir.

Les pins de Latché fondaient dans le ciel mourant. Je me sentais en deuil, comme chaque fois que j'ai vu la mort pourchasser quelqu'un jusqu'à son dernier refuge. Il ne faisait pas pitié mais je le plaignais de mourir comme Louis XIV et presque tous les rois de France, en montrant au monde entier cette agonie qui le dévorait vivant.

CHAPITRE XIV

Quatre mois plus tard, même s'il n'était pas très vaillant, le Président était toujours vivant, comme le canard de l'histoire. Il avait l'air transparent. « Les rayons me rendent translucide », ironisait-il. Il avait néanmoins retrouvé un certain sourire.

C'était le 1er janvier. Un petit vent aigrelet s'insinuait à travers les pins. Quand il vous attrapait, on en était pétrifié. Latché semblait immobile sous le ciel d'hiver. Un peu de givre pardessus et c'eût été un Monet.

Dans la chaleur de la maison, le Président était frappé de la même rigidité que les arbres du dehors. Il n'était plus qu'une pauvre chose qui se traînait d'un fauteuil à l'autre. Mais, comme tous les grands malades dans leur forteresse métaphysique, il comptait bien sur la cavalerie pour venir le sauver *in extremis.*

En s'asseyant à table, le Président déploya une armée de pilules devant son assiette : « Voilà mes troupes, expliqua-t-il. Je suis en guerre. » Pour bien se faire comprendre, il montra son bas-ventre : « C'est fou, ce qui se passe là-dedans, ça canarde dans tous les sens. Vous comprenez pourquoi je suis si fatigué. On ne se fait pas de quartier, la maladie et moi. À la fin, il y aura un mort : elle ou moi. Ce sera mon Austerlitz ou mon Waterloo. »

Il rit. Le Président était d'humeur fort badine, ce jour-là. Sans doute aurait-il aimé que je lui raconte des histoires drôles. Mais je n'arrive pas à les retenir. C'est pourquoi je sers les mêmes. Par exemple : « Quel est le principal conseil que donna la reine Victoria à son fils avant qu'il monte sur le trône ? Il faut toujours prendre ses précautions avant les cérémonies. » Je préférai la lui épargner, celle-là et les autres. Depuis le temps, il les connaissait toutes. Il finit donc par se dévouer à ma place.

« Il faut que je vous raconte l'histoire de Jeanne F. Quand j'étais jeune, elle habitait près de chez nous, à Jarnac, rue du Porte-Coton. C'était une jeune fille très pauvre, très laide et très grosse qui me faisait pitié. Des années plus tard, je la retrouve à Château-Chinon, où elle a demandé à me voir.

« Elle a changé. D'abord, elle a encore grossi. Ensuite, elle a décoloré ses cheveux, qui tranchent avec le teint rouge de son visage. Enfin, elle porte un manteau de fourrure à poils longs, comme les femmes qui veulent faire riches.

« Sitôt entrée dans mon bureau, elle tombe dans mes bras en disant : “ J’ai besoin de vous. ” Je lui demande ce que je peux faire. Elle m’explique : “ Voilà. J’ai découvert, après la mort de ma mère, que j’étais l’héritière des Mallet, un vieux couple d’Américains qui a donné son héritage à tous ses descendants de la Nièvre.

« — Et qu’attendez-vous de moi ?

« — Que vous recensiez tous les Mallet de la Nièvre. J’ai monté une association pour les regrouper.

« — Je ne crois pas que ce soit en mon pouvoir de faire cela. ”

« Elle se rembrunit : “ Faites attention. Les Mallet sont des électeurs. Il y en a beaucoup dans votre département et j’en contrôle déjà une bonne partie avec mon association. J’ai des moyens et des locaux. ”

« Bref, quand on se quitte, on est un peu en froid. Encore qu’elle ait réussi à m’attendrir en évoquant le souvenir de ma mère qu’elle connaissait bien : “ Qu’est-ce qu’elle était gentille, votre pauvre mère ! ”

« Je la retrouve par hasard quelque temps plus tard. Elle est encore plus grosse et plus rouge que la fois précédente. Les poils de son manteau de fourrure semblaient s’être allongés. Elle m’annonce qu’elle a lancé une association de femmes trompées.

« “ Ça doit bien marcher, dis-je.

« — C'est un bon créneau. On a des médecins, des prêtres et des professeurs. On a même acheté une île. »

« On se perd de vue. Plusieurs mois après, je tombe à nouveau sur elle. Les poils de son manteau de fourrure sont plus longs que jamais. Elle m'apprend qu'elle a fondé une nouvelle association. Pour les maris trompés, cette fois. Elle se rengorge. “Il y a beaucoup plus de maris trompés qu'on ne le croit, dit-elle. L'association marche très bien. On a même acheté une deuxième île.

« — Félicitations.

« — On organise des week-ends entre les deux associations.

« — Ces messieurs-dames doivent avoir de la conversation pour les soirées d'hiver. ”

« Quelques années passent. Un jour que j'attends ma Micheline à la gare de Nevers, une vitre s'abaisse dans le train bleu Paris-Vintimille, qui est arrêté sur le quai. C'est encore Jeanne F.

« “Venez, dit-elle ; il faut que je vous présente à mon mari, le prince Ayoubi. ”

« Je monte dans le Paris-Vintimille et elle me montre, affalé sur la banquette de son compartiment, un pauvre hère emmitouflé dans des vêtements qui ressemblent à des couvertures, comme les mendiants d'Alger.

« Elle était devenue la princesse Ayoubi. On commençait à la voir sur les photos des magazines spécialisés, avec les Grands de ce monde :

Mmes de Noailles, Soekarno, Del Duca et Dieu sait qui encore. C'était une des personnalités de la vie parisienne, au même titre que le prince Napoléon ou la duchesse de Machinchose.

« Et voilà qu'un jour, en lisant le journal, j'apprends que la princesse Ayoubi a été arrêtée. La justice lui reproche d'avoir monté des associations bidon pour escroquer des âmes simples. Elle sera condamnée. Comme je suis un brave type, je lui envoie plusieurs colis en prison.

« Quelque temps plus tard, je me trouve à une réunion nationale de la Convention des institutions républicaines, que je viens de lancer. Les affaires ne marchent pas encore bien. Il n'y a que cent personnes, venues de tous les coins de France. Soudain, alors que je passe devant la délégation de la Nièvre, je tombe, stupéfait, sur Jeanne F. "Je suis déléguée de la fédération de la Nièvre, m'explique-t-elle.

« — Et qu'est-ce que vous faites ?

« — J'ai monté une association qui vend des terrains sur la lune.

« — Et alors ?

« — J'en ai déjà vendu quatre. " »

Le Président pouffa pour me signifier que l'histoire était terminée. Il passa aussitôt à la suivante : « Un jour, dans les années cinquante, les élus municipaux de Gouloux, dans la Nièvre, demandent aux gens du village d'aller chasser le loup qui décime les troupeaux de moutons du canton. La battue fera un mort, mais pas celui que l'on croit. Sur le chemin du retour, alors qu'il passe à travers une clôture de fil de fer barbelé, un chasseur fait une fausse manœuvre et un coup part, tuant un autre chasseur. Procès. La veuve demande des dommages et intérêts à l'assassin malgré lui, qui se retourne contre la mairie qui l'avait mobilisé.

« Le tribunal donne raison au chasseur maladroit : c'est Gouloux qui est condamné à verser cinquante mille francs, somme énorme pour l'époque, à la veuve éplorée. Le village accepte d'autant moins la décision de la justice qu'entre-temps la dame s'est mise en ménage avec l'homme qui a tué son mari. L'atmosphère était devenue telle, à Gouloux, que pour ramener la paix, j'ai décidé, quand j'étais ministre, que l'État paierait les dommages et intérêts. Ils ont été mis au compte des calamités agricoles. »

Le Président me regarda. Il était à bout, mais content de lui. « Toutes ces histoires, dis-je, pourquoi ne les écrivez-vous pas ?

— Je vous les donne. »

J'avais bu trop de vin. Je savais que j'aurais du mal à retrouver ses histoires dans ma tête. L'ivresse les aurait emportées, comme d'habitude. Je m'éclipsai donc aux toilettes pour noter quelques repères en cachette. Le jour venu, ils me rendraient ma mémoire.

Ensuite, nous rejoignîmes, pour le café, toute sa famille qui déjeunait dans un restaurant du coin. Elle écouta d'autres contes du nouvel an, avec des mines de veillée funèbre. Le Président n'était pas mort, pourtant. Il l'était même si peu qu'il parlait tout le temps.

Soudain, quelque chose se figea dans ses yeux. C'était la douleur qui déboulait. Elle s'installa et il dut décider de s'échapper de lui-même, car son visage se transforma peu à peu en masque mortuaire. Il était ailleurs.

Il fallait rentrer. Quand nous nous trouvâmes devant le petit escalier qui monte au jardin de Latché, il me prit le bras : « Si vous pouviez m'aider un peu... » Je sentis ses ongles trop longs pénétrer dans ma chair. Il s'accrochait à moi comme il s'accrochait à tout : à la vie, au pouvoir, aux plaisirs. Mais notre ascension ne me demanda aucun effort. Il ne pesait plus rien. Il était léger comme l'air glacé que soufflait l'océan rugissant.

Ce jour-là encore, l'au-revoir du Président était si tendre qu'il aurait pu passer pour un adieu. Il m'avait donné une petite tape sur le bras et son regard m'avait à ce point transpercé que je repartis sans qu'il me quittât sur le chemin du retour, et même plusieurs jours après.

*

Ensuite, je revis souvent François Mitterrand. Il déambulait dans un monde qui n'était plus le nôtre, entre la vie et la mort. Son corps était devenu si étrange et inhumain qu'on aurait presque vu au travers.

Un jour, la rumeur de sa mort courut dans Paris. J'appelai Latché. Il répondit tout de suite.

« Ça a l'air d'aller bien, dis-je.

— Comment le savez-vous ?

— La voix. »

Il rigola : « La voix est un reflet. Elle ne peut rien cacher. C'est vrai que je vais bien. » Un silence, puis : « Je suis dans ma bergerie en train de regarder par la fenêtre. Chaque feuille est un miroir dans lequel se reflète le ciel. J'ai mes chiens à mes pieds. Je vais bientôt me lever de mon fauteuil pour me mettre à mon bureau et écrire ce à quoi je pense en ce moment. Que demander de plus ? Je crois que je suis heureux. Quel dommage que j'aie des métastases partout. »

On l'entendait pouffer dans l'appareil. Après quoi, nous jacassâmes à propos de tout et de rien.

Il téléphonait de temps en temps, sans raison précise. Il prenait des nouvelles.

« Il faut que l'on déjeune ensemble, disait-il.

— Voulez-vous que l'on fixe une date ?

— Non. Plus tard. Je vous rappellerai. »

Il invitait à déjeuner au dernier moment, quand il était sûr d'aller bien. Il appelait parfois vingt minutes avant. Jusqu'à la fin, il sauva les apparences. Sauf une fois. Il était encore président. C'était le 16 février 1995. Nous papotions dans son bureau de l'Élysée où il m'avait donné rendez-vous. Le Président signait des parapheurs en me parlant de la campagne présidentielle. Soudain, il s'était levé, avec une grimace de souffrance : « Excusez-moi, je n'en peux plus. »

Il s'excusait toujours. Il avait poussé comme un cri que j'imaginai plus que je ne le perçus, un cri qui ne lui avait pas fait desserrer les lèvres, puis il s'en était allé s'affaler sur une chaise longue en cuir noir. Il gémit à nouveau puis se mit à parler, parler, sans cesser de remuer, frémissant et se tortillant comme une bête que l'on saigne.

« Je comptais bien vivre jusqu'à ma mort, dit-il. Mais je n'en suis plus bien sûr. Ce qui est terrible, avec le cancer, c'est que l'on finit par perdre, certains jours, le désir de vivre.

— Pas vous », protestai-je.

Un rictus pour un sourire, puis : « Il est vrai que je me reprends souvent. J'aime tellement la vie que je n'arrive pas à mourir. C'est tout mon problème. »

Il venait de découvrir Francis Scott Fitzgerald et se rendait compte qu'il était comme Gatsby, c'est-à-dire comme tout le monde. Il croyait en ce bel avenir qui d'année en année recule devant nous : « Il nous a échappé ? Qu'importe ! Demain, nous courrons plus vite, nos bras s'étendront plus loin... Et un beau matin... C'est ainsi que nous avançons, barques luttant contre un courant qui nous rejette sans cesse vers le passé. »

*

Il n'est pas mort. Un jour, il a décidé que c'était fini. Il s'est glissé entre ses draps avec l'idée qu'il n'en sortirait que pour reposer dans son cercueil. Il a fermé les yeux. Il n'a plus voulu voir personne.

Il n'a pas mangé. Il n'a pas bu. Il a attendu. Il voulait dicter ses commandements à la mort comme il avait toujours voulu le faire pour le reste. Il entendait vivre jusqu'à sa mort, pour la voir venir, la sentir s'approcher.

Il est mort vivant.

COLLECTION FOLIO

Dernières parutions

2549.	Michel Schneider	*Glenn Gould piano solo.*
2550.	Michel Tournier	*Le Tabor et le Sinaï.*
2551.	M. E. Saltykov-Chtchédrine	*Histoire d'une ville.*
2552.	Eugène Nicole	*Les larmes de pierre.*
2553.	Saint-Simon	*Mémoires II.*
2554.	Christian Bohin	*La part manquante.*
2555.	Boileau-Narcejac	*Les nocturnes.*
2556.	Alain Bosquet	*Le métier d'otage.*
2557.	Jeanne Bourin	*Les compagnons d'éternité.*
2558.	Didier Daeninckx	*Zapping.*
2559.	Gérard Delteil	*Le miroir de l'Inca.*
2560.	Joseph Kessel	*La vallée des rubis.*
2561.	Catherine Léprront	*Une rumeur.*
2562.	Arto Paasilinna	*Le meunier hurlant.*
2563.	Gilbert Sinoué	*La pourpre et l'olivier.*
2564.	François-Marie Banier	*Le passé composé.*
2565.	Gonzalo Torrente Ballester	*Le roi ébahi.*
2566.	Ray Bradbury	*Le fantôme d'Hollywood.*
2567.	Thierry Jonquet	*La Bête et la Belle.*
2568.	Marguerite Duras	*La pluie d'été.*
2569.	Roger Grenier	*Il te faudra quitter Florence.*
2570.	Yukio Mishima	*Les amours interdites.*
2571.	J.-B. Pontalis	*L'amour des commencements.*
2572.	Pascal Guignard	*La frontière.*
2573.	Antoine de Saint-Exupéry	*Écrits de guerre (1939-1944).*
2574.	Avraham B. Yehoshua	*L'amant.*
2575.	Denis Diderot	*Paradoxe sur le comédien.*
2576.	Anonyme	*La Châtelaine de Vergy.*
2577.	Honoré de Balzac	*Le Chef-d'œuvre inconnu.*
2578.	José Cabanis	*Saint-Simon l'admirable.*

2579. Michel Déon — *Le prix de l'amour.*
2580. Lawrence Durrell — *Le sourire du Tao.*
2581. André Gide — *Amyntas.*
2582. Hervé Guilbert — *Mes parents.*
2583. Nat Hentoff — *Le diable et son jazz.*
2584. Pierre Mac Orlan — *Quartier Réservé.*
2585. Pierre Magnan — *La naine.*
2586. Naguib Mahfouz — *Chimères.*
2587. Vladimir Nabokov — *Ada ou l'Ardeur.*
2588. Daniel Boulanger — *Un été à la diable.*
2589. Louis Calaferte — *La mécanique des femmes.*
2590. Sylvie Germain — *La Pleurante des rues de Prague.*
2591. Julian Gloag — *N'éveillez pas le chat qui dort.*
2592. J.M.G. Le Clézio — *Étoile errante.*
2593. Louis Malle — *Au revoir, les enfants.*
2595. Jean-Bernard Pouy — *L'homme à l'oreille croquée.*
2596. Reiser — *Jeanine.*
2597. Jean Rhys — *Il ne faut pas tirer des oiseaux du repos.*
2598. Isaac Bashevis Singer — *Gimpel le naïf.*
2599. Andersen — *Contes choisis.*
2600. Jacques Almira — *Le Bar de la Mer.*
2602. Dominique Bona — *Malika.*
2603. John Dunning — *Les mécanos de la mort.*
2604. Oriana Fallaci — *Inchallah.*
2605. Sue Hubbell — *Une année à la campagne.*
2606. Sébastien Japrisot — *Le passager de la pluie.*
2607. Jack Kerouac — *Docteur Sax.*
2608. Ruth Rendell/Helen Simpson — *Heures fatales : L'arboisier/chair et herbe.*
2609. Tristan Lhermite — *Le Page disgracié.*
2610. Alexandre Dumas — *Les Trois Mousquetaires.*
2611. John Updike — *La concubine de saint Augustin et autres nouvelles.*
2612. John Updike — *Bech est de retour.*
2613. John Updike — *Un mois de dimanches.*
2614. Emanuèle Bernheim — *Le cran d'arrêt.*
2615. Tonino Benacquista — *La commedia des ratés.*
2616. Tonino Benacquista — *Trois carrés rouges sur fond noir.*
2617. Rachid Boudjedra — *FIS de la haine.*

2618. Jean d'Ormesson — *La gloire de l'Empire.*
2619. Léon Tolstoï — *Résurrection.*
2620. Ingmar Bergman — *Cris et chuchotements* suivi de *Persona* et de *Le lien.*
2621. Ingmar Bergman — *Les meilleures intentions.*
2622. Nina Bouraoui — *Poing mort.*
2623. Marguerite Duras — *La Vie matérielle.*
2624. René Frégni — *Les nuits d'Alice.*
2625. Pierre Gamarra — *Le maître d'école.*
2626. Joseph Hansen — *Les ravages de la nuit.*
2627. Félicien Marceau — *Les belles natures.*
2628. Patrick Modiano — *Un cirque passe.*
2629. Raymond Queneau — *Le vol d'Icare.*
2630. Voltaire — *Dictionnaire philosophique.*
2631. William Makepeace Thackeray — *La Foire aux Vanités.*
2632. Julian Barnes — *Love, etc.*
2633. Lisa Bresner — *Le sculpteur de femmes.*
2634. Patrick Chamoiseau — *Texaco.*
2635. Didier Daeninckx — *Play-back.*
2636. René Fallet — *L'amour baroque.*
2637. Paula Jacques — *Deborah et les anges dissipés.*
2638. Charles Juliet — *L'inattendu.*
2639. Michel Mohrt — *On liquide et on s'en va.*
2640. Marie Nimier — *L'hypnotisme à la portée de tous.*
2641. Henri Pourrat — *Bons, pauvres et mauvais diables.*
2642. Jacques Syreigeol — *Miracle en Vendée.*
2643. Virginia Woolf — *Mrs Dalloway.*
2645. Jerome Charyn — *Elseneur.*
2646. Sylvie Doizelet — *Chercher sa demeure.*
2647. Hervé Guibert — *L'homme au chapeau rouge.*
2648. Knut Hamsun — *Benoni.*
2649. Knut Hamsun — *La dernière joie.*
2650. Hermann Hesse — *Gertrude.*
2651. William Hjortsberg — *Le sabbat dans Central Park.*
2652. Alexandre Jardin — *Le Petit Sauvage.*
2653. Philip Roth — *Patrimoine.*
2654. Rabelais — *Le Quart Livre.*
2655. Fédor Dostoïevski — *Les Frères Karamazov.*
2656. Fédor Dostoïevski — *L'Idiot.*

2657.	Lewis Carroll	*Alice au pays des merveilles. De l'autre côté du miroir.*
2658.	Marcel Proust	*Le Côté de Guermantes.*
2659.	Honoré de Balzac	*Le Colonel Chabert.*
2660.	Léon Tolstoï	*Anna Karénine.*
2661.	Fédor Dostoïevski	*Crime et châtiment.*
2662.	Philippe Le Guillou	*La rumeur du soleil.*
2663.	Sempé-Goscinny	*Le petit Nicolas et les copains.*
2664.	Sempé-Goscinny	*Les vacances du petit Nicolas.*
2665.	Sempé-Goscinny	*Les récrés du petit Nicolas.*
2666.	Sempé Goscinny	*Le petit Nicolas a des ennuis.*
2667.	Emmanuèle Bernheim	*Un couple.*
2668.	Richard Bohringer	*Le bord intime des rivières.*
2669.	Daniel Boulanger	*Ursacq.*
2670.	Louis Calaferte	*Droit de cité.*
2671.	Pierre Charras	*Marthe jusqu'au soir.*
2672.	Ya Ding	*Le Cercle du Petit Ciel.*
2673.	Joseph Hansen	*Les mouettes volent bas.*
2674.	Agustina Izquierdo	*L'amour pur.*
2675.	Agustina Izquierdo	*Un souvenir indécent.*
2676.	Jack Kerouac	*Visions de Gérard.*
2677.	Philippe Labro	*Quinze ans.*
2678.	Stéphane Mallarmé	*Lettres sur la poésie.*
2679.	Philippe Beaussant	*Le biographe.*
2680.	Christian Bobin	*Souveraineté du vide* suivi de *Lettres d'or.*
2681.	Christian Bobin	*Le Très-Bas.*
2682.	Frédéric Boyer	*Des choses idiotes et douces.*
2683.	Remo Forlani	*Valentin tout seul.*
2684.	Thierry Jonquet	*Mygale.*
2685.	Dominique Rolin	*Deux femmes un soir.*
2686.	Isaac Bashevis Singer	*Le certificat.*
2687.	Philippe Sollers	*Le Secret.*
2688.	Bernard Tirtiaux	*Le passeur de lumière.*
2689.	Fénelon	*Les Aventures de Télémaque.*
2690.	Robert Bober	*Quoi de neuf sur la guerre ?*
2691.	Ray Bradbury	*La baleine de Dublin.*
2692.	Didier Daeninckx	*Le der des ders.*
2693.	Annie Ernaux	*Journal du dehors.*
2694.	Knut Hamsun	*Rosa.*
2695.	Yachar Kemal	*Tu écraseras le serpent.*
2696.	Joseph Kessel	*La steppe rouge.*

2697. Yukio Mishima — *L'école de la chair.*
2698. Pascal Quignard — *Le nom au bout de la langue.*
2699. Jacques Sternberg — *Histoires à mourir de vous.*
2700. Marguerite Yourcenar — *Conte bleu.*
2701. Calvin — *Œuvres choisies.*
2702. Milan Kundera — *L'art du roman.*
2703. Milan Kundera — *Les testaments trahis.*
2704. Rachid Boudjedra — *Timimoun.*
2705. Robert Bresson — *Notes sur le cinématographe.*
2706. Raphaël Confiant — *Ravines du devant-jour.*
2707. Robin Cook — *Les mois d'avril sont meurtriers.*
2708. Philippe Djian — *Sotos.*
2709. Ernest Hemingway — *En ligne.*
2710. Gabriel Matzneff — *La prunelle de mes yeux.*
2711. Angelo Rinaldi — *Les jours ne s'en vont pas longtemps.*
2712. Henri Pierre Roché — *Deux Anglaises et le continent.*
2713. Orson Welles — *Une grosse légume.*
2714. Collectif — *Dom Carlos* et autres nouvelles françaises du XVIIe siècle.
2715. François-Marie Banier — *La tête la première.*
2716. Julian Barnes — *Le porc-épic.*
2717. Jean-Paul Demure — *Aix abrupto.*
2718. William Faulkner — *Le gambit du cavalier.*
2719. Pierrette Fleutiaux — *Sauvée !*
2720. Jean Genet — *Un captif amoureux.*
2721. Jean Giono — *Provence.*
2722. Pierre Magnan — *Périple d'un cachalot.*
2723. Félicien Marceau — *La terrasse de Lucrezia.*
2724. Daniel Pennac — *Comme un roman.*
2725. Joseph Conrad — *L'Agent secret.*
2726. Jorge Amado — *La terre aux fruits d'or.*
2727. Karen Blixen — *Ombres sur la prairie.*
2728. Nicolas Bréhal — *Les corps célestes.*
2729. Jack Couffer — *Le rat qui rit.*
2730. Romain Gary — *La danse de Gengis Cohn.*
2731. André Gide — *Voyage au Congo* suivi de *Le retour du Tchad.*
2733. Ian McEwan — *L'enfant volé.*
2734. Jean-Marie Rouart — *Le goût du malheur.*
2735. Sempé — *Âmes sœurs.*

2736.	Émile Zola	*Lourdes.*
2737.	Louis-Ferdinand Céline	*Féérie pour une autre fois.*
2738.	Henry de Montherlant	*La Rose de sable.*
2739.	Vivant Denon	*Point de lendemain,* suivi de Jean-François de Bastide : *La Petite Maison.*
2740.	William Styron	*Le choix de Sophie.*
2741.	Emmanuèle Bernheim	*Sa femme.*
2742.	Maryse Condé	*Les derniers rois mages.*
2743.	Gérard Delteil	*Chili con carne.*
2744.	Édouard Glissant	*Tout-monde.*
2745.	Bernard Lamarche-Vadel	*Vétérinaires.*
2746.	J. M. G. Le Clézio	*Diego et Frida.*
2747.	Jack London	*L'amour de la vie.*
2748.	Bharati Mukherjee	*Jasmine.*
2749.	Jean-Noël Pancrazi	*Le silence des passions.*
2750.	Alina Reyes	*Quand tu aimes, il faut partir.*
2751.	Mika Waltari	*Un inconnu vint à la ferme.*
2752.	Alain Bosquet	*Les solitudes.*
2753.	Jean Daniel	*L'ami anglais.*
2754.	Marguerite Duras	*Écrire.*
2755.	Marguerite Duras	*Outside.*
2756.	Amos Oz	*Mon Michaël.*
2757.	René-Victor Pilhes	*La position de Philidor.*
2758.	Danièle Sallenave	*Les portes de Gubbio.*
2759.	Philippe Sollers	*PARADIS 2.*
2760.	Mustapha Tlili	*La rage aux tripes.*
2761.	Anne Wiazemsky	*Canines.*
2762.	Jules et Edmond de Goncourt	*Manette Salomon.*
2763.	Philippe Beaussant	*Héloïse.*
2764.	Daniel Boulanger	*Les jeux du tour de ville.*
2765.	Didier Daeninckx	*En marge.*
2766.	Sylvie Germain	*Immensités.*
2767.	Witold Gombrowicz	*Journal I (1953-1958).*
2768.	Witold Gombrowicz	*Journal II (1959-1969).*
2769.	Gustaw Herling	*Un monde à part.*
2770.	Hermann Hesse	*Fiançailles.*
2771.	Arto Paasilinna	*Le fils du dieu de l'Orage.*
2772.	Gilbert Sinoué	*La fille du Nil.*
2773.	Charles Williams	*Bye-bye, bayou !.*
2774.	Avraham B. Yehoshua	*Monsieur Mani.*

2775.	Anonyme	*Les Milles et Une Nuits III (conte choisis).*
2776.	Jean-Jacques Rousseau	*Les confessions.*
2777.	Pascal	*Les Pensées.*
2778.	Lesage	*Gil Blas.*
2779.	Victor Hugo	*Les Misérables I.*
2780.	Victor Hugo	*Les Misérables II.*
2781.	Dostoïevski	*Les Démons (Les Possédés).*
2782.	Guy de Maupassant	*Boule de suif et autres nouvelles.*
2783.	Guy de Maupassant	*La Maison Tellier. Une partie de campagne et autres nouvelles.*
2784.	Witold Gombrowicz	*La pornographie.*
2785.	Marcel Aymé	*Le vaurien.*
2786.	Louis-Ferdinand Céline	*Entretiens avec le Professeur Y.*
2787.	Didier Daeninckx	*Le bourreau et son double.*
2788.	Guy Debord	*La Société du Spectacle.*
2789.	William Faulkner	*Les larrons.*
2790.	Élisabeth Gille	*Le crabe sur la banquette arrière.*
2791.	Louis Martin-Chauffier	*L'homme et la bête.*
2792.	Kenzaburô Oé	*Dites-nous comment survivre à notre folie.*
2793.	Jacques Réda	*L'herbe des talus.*
2794.	Roger Vrigny	*Accident de parcours.*
2795.	Blaise Cendrars	*Le Lotissement du ciel.*
2796.	Alexandre Pouchkine	*Eugène Onéguine.*
2797.	Pierre Assouline	*Simenon.*
2798.	Frédéric H. Fajardie	*Bleu de méthylène.*
2799.	Diane de Margerie	*La volière suivi de Duplicités.*
2800.	François Nourissier	*Mauvais genre.*
2801.	Jean d'Ormesson	*La Douane de mer.*
2802.	Amo Oz	*Un juste repos.*
2803.	Philip Roth	*Tromperie.*
2804.	Jean-Paul Sartre	*L'Engrenage.*
2805.	Jean-Paul Sartre	*Les jeux sont faits.*
2806.	Charles Sorel	*Histoire comique de Francion.*
2807.	Chico Buarque	*Embrouille.*
2808.	Ya Ding	*La jeune fille Tong.*
2809.	Hervé Guibert	*Le Paradis.*
2810.	Martin Luis Guzman	*L'ombre du caudillo.*

2811.	Peter Handke	*Essai sur la fatigue.*
2812.	Philippe Labro	*Un début à Paris.*
2813.	Michel Mohrt	*L'ours des Adirondacks.*
2814.	N. Scott Momaday	*La maison de L'aube.*
2815.	Banana Yoshimoto	*Kitchen.*
2816.	Virginia Woolf	*Vers le phare.*
2817.	Honoré de Balzac	*Sarrasine.*
2818.	Alexandre Dumas	*Vingt ans après.*
2819.	Christian Bobin	*L'inespérée.*
2820.	Christian Bobin	*Isabelle Bruges.*
2821.	Louis Calaferte	*C'est la guerre.*
2822.	Louis Calaferte	*Rosa mystica.*
2823.	Jean-Paul Demure	*Découpe sombre.*
2824.	Lawrence Durrell	*L'ombre infinie de César.*
2825.	Mircea Eliade	*Les dix-neuf roses.*
2826.	Roger Grenier	*Le Pierrot noir.*
2827.	David McNeil	*Tous les bars de Zanzibar.*
2828.	René Frégni	*Le voleur d'innocence.*
2829.	Louvet de Couvray	*Les Amours de chevalier de Faublas.*
2830.	James Joyce	*Ulysse.*
2831.	François-Régis Bastide	*L'homme au désir d'amour lointain.*
2832.	Thomas Bernhard	*L'origine.*
2833.	Daniel Boulanger	*Les noces du merle.*
2834.	Michel del Castillo	*Rue des Archives.*
2835.	Pierre Drieu la Rochelle	*Une femme à sa fenêtre.*
2836.	Joseph Kesel	*Dames de Californie.*
2837.	Patrick Mosconi	*La nuit apache.*
2838.	Marguerite Yourcenar	*Conte bleu.*
2839.	Pascal Quignard	*Le sexe et l'effroi.*
2840.	Guy de Maupassant	*L'inutile beauté.*
2841.	Kôbô Abe	*Rendez-vous secret.*
2842.	Nicolas Bouvier	*Le poisson-scorpion.*
2843.	Patrick Chamoiseau	*Chemin-d'école.*
2844.	Patrick Chamoiseau	*Antan d'enfance.*
2845.	Philippe Djian	*Assassins.*
2846.	Lawrence Durrell	*Le carrousel sicilien.*
2847.	Jean-Marie Laclavetine	*Le Rouge et le Blanc.*
2848.	D.H. Lawrence	*Kangourou.*
2849.	Francine Prose	*Les petits miracles.*
2850.	Jean-Jacques Sempé	*Insondables mystères.*

2851.	Béatrix Beck	*Accommodements avec le ciel.*
2852.	Herman Melville	*Moby Dick.*
2853.	Jean-Claude Brisville	*Beaumarchais, l'insolent.*
2854.	James Baldwin	*Face à l'homme blanc.*
2855.	James Baldwin	*La prochaine fois, le feu.*
2856.	W. R. Burnett	*Rien dans les manches.*
2857.	Michel Déon	*Un déjeuner de soleil.*
2858.	Michel Déon	*Le jeune homme vert.*
2859.	Philippe Le Guillou	*Le passage de l'Aulne.*
2860.	Claude Brami	*Mon amie d'enfance.*
2861.	Serge Brussolo	*La moisson d'hiver.*
2862.	René de Ceccatty	*L'accompagnement.*
2863.	Jerome Charyn	*Les filles de Maria.*
2864.	Paule Constant	*La fille du Gobernator.*
2865.	Didier Daeninckx	*Un château en Bohême.*
2866.	Christian Giudicelli	*Quartiers d'Italie.*
2867.	Isabelle Jarry	*L'archange perdu.*
2868.	Marie Nimier	*La caresse.*
2869.	Arto Paasilinna	*La forêt des renards pendus.*
2870.	Jorge Semprun	*L'écriture ou la vie.*
2871.	Tito Topin	*Piano barjo.*
2872.	Michel Del Castillo	*Tanguy.*
2873.	Huysmans	*En route.*
2874.	James M. Cain	*Le bluffeur*
2875.	Réjean Ducharme	*Va savoir.*
2876.	Matthieu Lindon	*Champion du monde.*
2877.	Robert Littell	*Le sphinx de Sibérie.*
2878.	Claude Roy	*Les rencontres des jours 1992-1993.*
2879.	Danièle Sallenave	*Les trois minutes du diable.*
2880.	Philippe Sollers	*La guerre du goût.*
2881.	Michel Tournier	*Le pied de la lettre.*
2882.	Michel Tournier	*Le miroir des idées.*
2883.	Andreï Makine	*La confession d'un porte-drapeau déchu.*
2884.	Andreï Makine	*La fille d'un héros de l'Union Soviétique*
2885.	Andreï Makine	*Au temps du fleuve Amour.*
2886.	John Updike	*La parfaite épouse.*
2887.	Defoe	*Robinson Crusoé.*
2888.	Philippe Beaussant	*L'archéologue.*
2889.	Pierre Bergounioux	*Miette.*

2890.	Pierre Fleutiaux	*Allons-nous être heureux ?*
2891.	Remo Forlani	*La déglingue*
2892.	Joe Gores	*Inconnue au bataillon*
2893.	Félicien Marceau	*Les ingénus*
2894.	Ian McEwan	*Les chiens noirs*
2895.	Pierre Michon	*Vies minuscules*
2896.	Susan Minot	*La vie secrète de Lilian Eliot*
2897.	Orhan Pamuk	*Le livre noir*
2898.	William Styron	*Un matin de Virginie*
2899.	Claudine Vegh	*Je ne lui ai pas dit au revoir*
2900.	Robert Walser	*Le brigand*
2901.	Grimm	*Nouveaux contes*
2902.	Chrétien de Troyes	*Lancelot ou le chevalier de la charrette*
2903.	Herman Melville	*Bartleby, le scribe*
2904.	Jerome Charyn	*Isaac le mystérieux*
2905.	Guy Debord	*Commentaires sur la société du spectacle*
2906.	Guy Debord	*Potlatch.*
2907.	Karen Blixen	*Les chevaux fantômes et autres contes.*
2908.	Emmanuel Carrère	*La classe de neige.*
2909.	James Crumley	*Un pour marquer la cadence.*
2910.	Anne Cuneo	*Le trajet d'une rivière.*
2911.	John Dos Passos	*L'initiation d'un homme.*
2912.	Alexandre Jardin	*L'île des Gauchers.*
2913.	Jean Rolin	*Zones.*
2914.	Jorge Semprun	*L'Algarabie.*
2915.	Junichirô Tanizaki	*Le chat, son maître et ses deux maîtresses.*
2916.	Bernard Tirtiaux	*Les sept couleurs du vent.*
2917.	H.G. Wells	*L'île du docteur Moreau.*
2918.	Alphonse Daudet	*Tartarin sur les Alpes.*
2919.	Albert Camus	*Discours de Suède.*
2921.	Chester Himes	*Regrets sans repentir.*
2922.	Paula Jacques	*La descente au paradis.*
2923.	Sibylle Lacan	*Un père.*
2924.	Kenzaburô Oé	*Une existence tranquille.*
2925.	Jean-Noël Pancrazi	*Madame Arnoul.*
2926.	Ernest Pépin	*L'Homme-au-Bâton.*
2927.	Antoine de St-Exupéry	*Lettres à sa mère.*
2928.	Mario Vargas Llosa	*Le poisson dans l'eau.*

2929. Arthur de Gobineau — *Les Pléiades.*
2930. Alex Abella — *Le massacre des saints.*
2932. Thomas Bernhard — *Oui.*
2933. Gérard Macé — *Le dernier des Égyptiens.*
2934. Andreï Makine — *Le testament français.*
2935. N. Scott Momaday — *Le chemin de la montagne de pluie.*
2936. Maurice Rheims — *Les forêts d'argent.*
2937. Philip Roth — *Opération Shylock.*
2938. Philippe Sollers — *Le Cavalier du Louvre. Vivant Denon.*
2939. Giovanni Verga — *Les Malavoglia.*
2941. Christophe Bourdin — *Le fil.*
2942. Guy de Maupassant — *Yvette.*
2943. Simone de Beauvoir — *L'Amérique.*
2944. Victor Hugo — *Choses vues I.*
2945. Victor Hugo — *Choses vues II.*
2946. Carlos Fuentes — *L'oranger.*
2947. Roger Grenier — *Regardez la neige qui tombe.*
2948. Charles Juliet — *Lambeaux.*
2949. J.M.G. Le Clezio — *Voyage à Rodrigues.*
2950. Pierre Magnan — *La Folie Forcalquier.*
2951. Amoz Oz — *Toucher l'eau, toucher le vent.*
2952. Jean-Marie Rouart — *Morny, un voluptueux au pouvoir.*
2953. Pierre Salinger — *De mémoire.*
2954. Shi Nai-An — *Au bord de l'eau I.*
2955. Shi Nai-An — *Au bord de l'eau II.*
2956. Marivaux — *La Vie de Marianne.*
2957. Kent Anderson — *Sympathy for the devil.*
2958. André Malraux — *Espoir – Sierra de Teruel.*
2959. Christian Bobin — *La folle allure.*
2960. Nicolas Bréhal — *Le parfait amour.*
2961. Serge Brussolo — *Hurlemort.*
2962. Hervé Guibert — *La piqûre d'amour et autres textes.*
2963. Ernest Hemingway — *Le chaud et le froid.*
2964. James Joyce — *Finnegans Wake.*
2965. Gilbert Sinoué — *Le Livre de saphir.*
2966. Junichirô Tanizaki — *Quatre sœurs.*
2967. Jeroen Brouwers — *Rouge décanté.*
2968. Forrest Carter — *Pleure, Geronimo.*

Composition Traitext.
Impression Société Nouvelle Firmin-Didot
le 23 mai 1997.
Dépôt légal : mai 1997.
Numéro d'imprimeur : 38858.

ISBN 2-07-040229-0/Imprimé en France.

80745